JN107909

長編旅情推理
書下ろし
旅行作家・茶屋次郎の事件簿

梓《あずさ》林《りん》太《た》郎《ろう》

急《きゅう》流《りゅう》・富《ふ》士《じ》川《かわ》 殺《さつ》意《い》の悔《かい》恨《こん》

NON NOVEL

祥伝社

目次

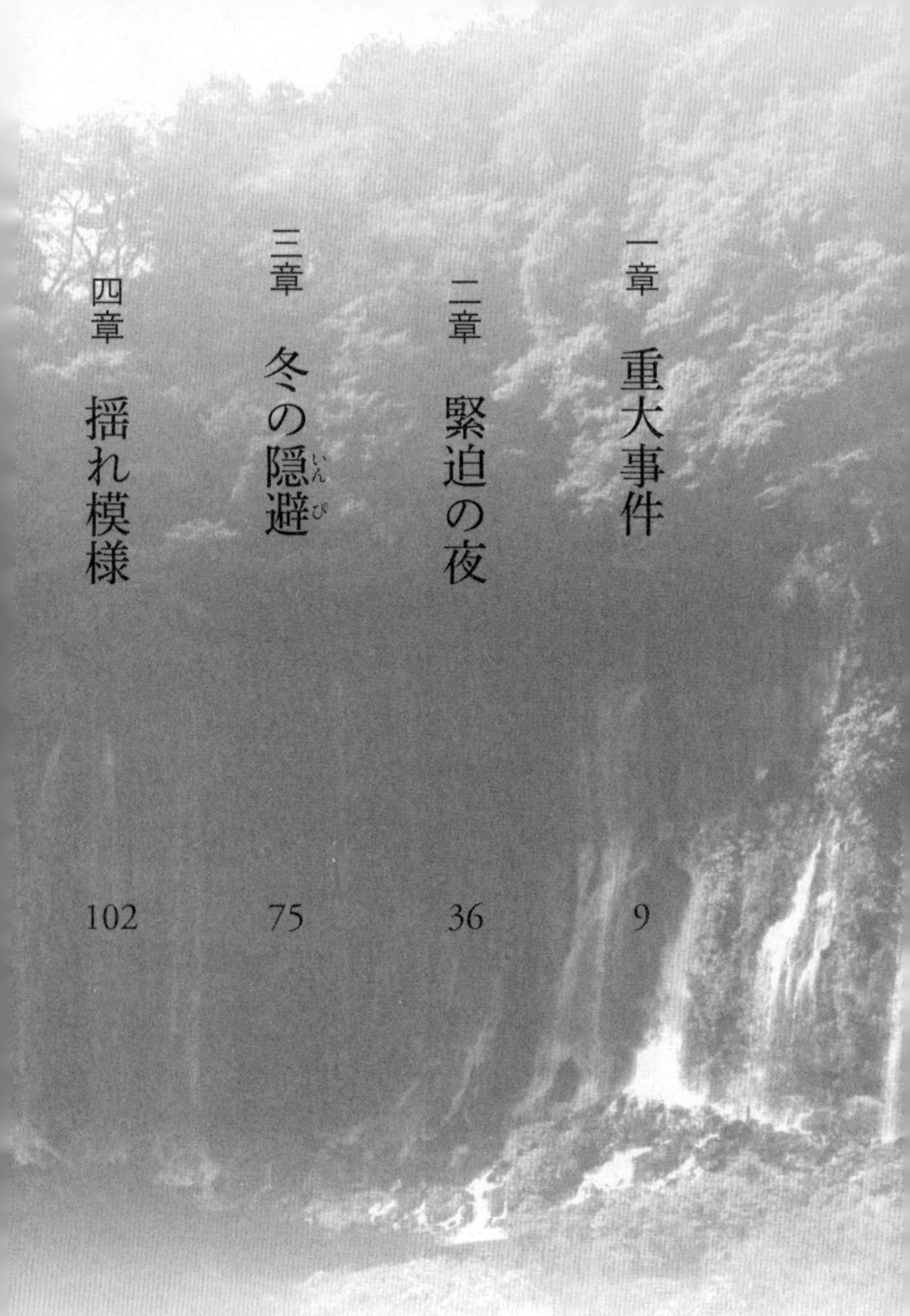

装幀・かとう みつひこ
カバー写真・鐘ケ江道彦／アフロ
地図・三潮社

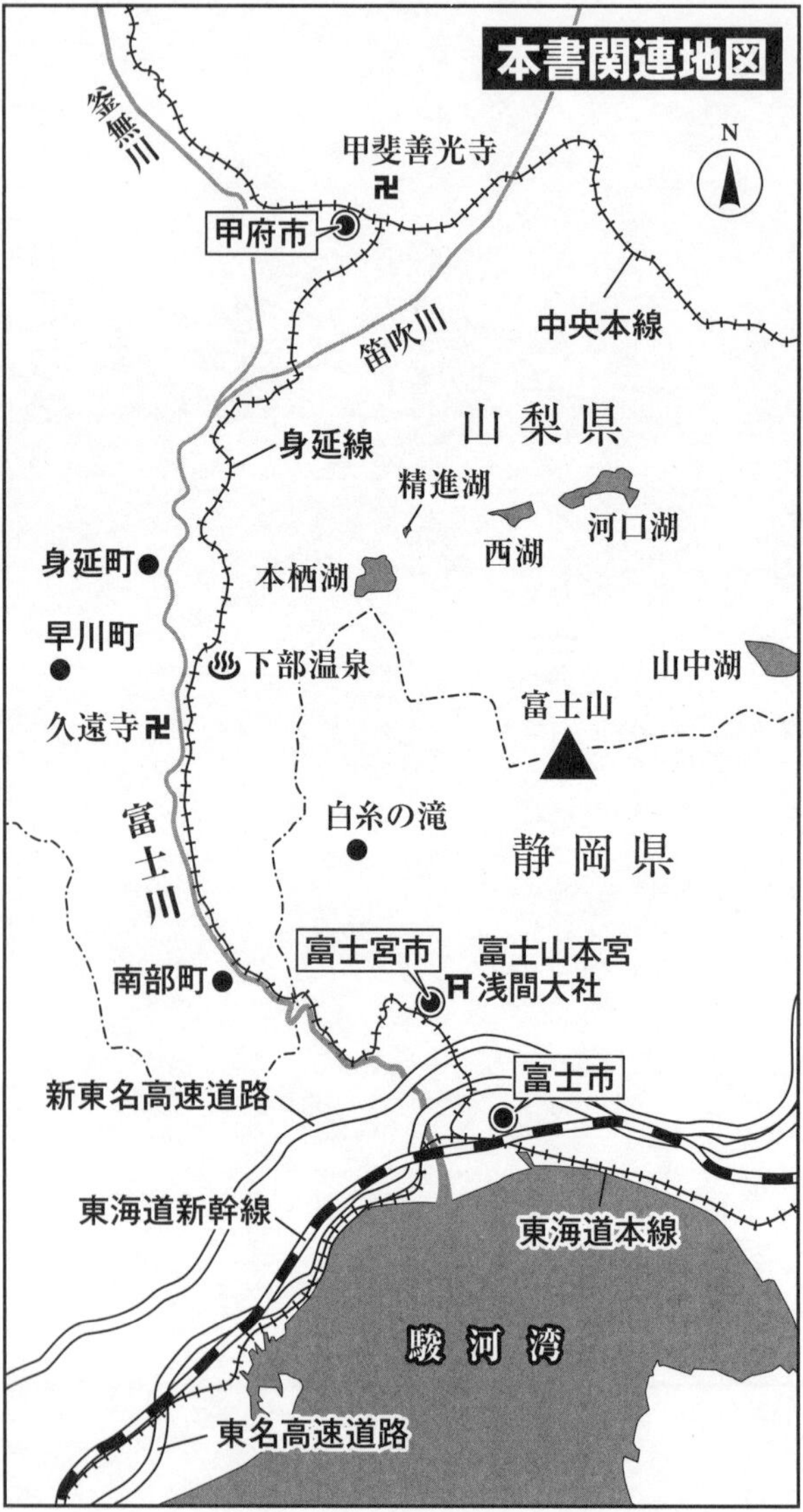
本書関連地図
N
釜無川
甲斐善光寺
甲府市
中央本線
笛吹川
山梨県
身延線
精進湖
西湖
河口湖
身延町
本栖湖
早川町
下部温泉
山中湖
久遠寺
富士山
富士川
白糸の滝
静岡県
富士宮市
富士山本宮
浅間大社
南部町
富士市
新東名高速道路
東海道新幹線
東海道本線
駿河湾
東名高速道路

一章　重大事件

1

旅行作家の茶屋次郎《ちややじろう》は忙しい。

二年前から連載している「週刊・モモコ」のエッセイについて、「まだ届いていませんが」と皮肉まじりの催促を受けていた。

彼は四十三歳だがパソコンが大嫌い。モンブランの万年筆で原稿用紙に書き、それを秘書のサヨコがパソコンで打つ。文字をまちがえたり、表現が分かりづらかったりすると、「あっ、また」とか、「正規の教育を受けている人とは思えない」と彼女はつぶやく。

サヨコの本名は江原小夜子《えばらさよこ》で二十五歳。

「サヨコのスリーサイズを正確にいってくれ」

茶屋はペンを持ったままきいた。

「そんなことが、必要なんですか」

サヨコは背筋を伸ばすと、茶屋をにらんだ。

「女性を書くのに、大きいとか小さいだけじゃイメージがわかない」

「毎日、わたしを、前からも後ろからも見てるんだから、サイズの見当《けんとう》はついてるでしょ」

「正確に知りたいんだ」

「分かりました。……身長一六二センチ、バスト八三、ウエスト五七、ヒップ八五。なんか、いやらしい」

「血液型は」

「AB型」

タマゴ形の顔で、目鼻立ちがはっきりした美人だ。

茶屋はカップの底の冷めたコーヒーを飲み干し

た。

茶屋次郎事務所にはもう一人秘書がいる。秘書というより炊事担当と呼ぶほうが正確な感じだ。

それはハルマキ。彼女にも本名があって、春川真紀《はるかわまき》。サヨコより一歳若い。

「わたしもいうの？」

ハルマキは炊事場を隠している衝立《ついたて》の向こうから声を出した。

「早く教えてくれ」

「身長一五八、バスト八四、ウエスト五九ぐらい。ヒップ八七ぐらい。血液型はO型」

ハルマキは、色白の丸顔だ。一年中眠そうな目をしている。体重はたぶん五〇キロぐらいだろう。

控えめのノックがあって、ドアが音もなく開いた。まずミカンのような色の袖《そで》が見えた。衆殿社《しゅうでんしゃ》「女性サンデー」編集長の牧村博也《まきむらひろや》が入ってきた。

彼は小さい声で朝の挨拶《あいさつ》をすると、断わりもなく応接用のソファへ股《また》を広げて腰掛けた。

茶屋はうっかり忘れていたのだが、きのうの夕方、牧村から電話で、

「名川《めいせん》シリーズの、次の取材地の川をどこにするかの相談にうかがいます」

といわれていたのだった。

「三十分待ってくれ」

茶屋はペン先に神経を集中させた。

サヨコが牧村に、「ご苦労さまです」といい、ハルマキは顔を出して、「コーヒーを召し上がりますか」ときいた。

「春川さんは、いつも丈夫《じょうぶ》そうですね」

牧村は、「コーヒーをいただきます」といってから、ハルマキの腰のあたりに視線をそそいでいた。

「……丈夫そう」

ハルマキは不満そうにつぶやくと、くるりと背中を向けて衝立の向こうへ消えた。

茶屋は牧村に三十分待ってくれといったが、四十分以上経《た》ってペンを置いた。

牧村は、腕の高級時計にちらりと目を落としてから、

「茶屋先生がいままで書いていない川は、釧路川《くしろがわ》、只見川《ただみがわ》、熊野川《くまのがわ》、富士川《ふじかわ》、それから……」

牧村は、ミカンのような色のジャケットの内ポケットに手を入れた。

「釧路川は、ずっと前に書いてるよ」

「そうでしたか。それは失礼」

牧村はポケットから出したノートにペンを走らせた。

「富士川がいい。日本三大急流の一つだ。以前から富士川をと思っていたが、あんたに反対されて、広島《ひろしま》や博多《はかた》の川へ取材にいった。あんたは繁華街の店で飲み食いしたいから……」

「ちょっと待ってください。なんだか私は、遊びにいっているようじゃありませんか」

「ちがかったのか。……富士川はたしか、赤石《あかいし》山脈の源流域から中流域まで山間部を流れ下って、駿河《するが》湾に注いでいる。南アルプスを駆け下る清流とでもいえるかな」

「三大急流のあと二つはなんという川ですか」

「山形県の最上川《もがみがわ》と熊本県の球磨川《くまがわ》」

「そうでした、そうでした」

牧村は繰り返しながらメモを取った。

昨日、編集部員たちと、茶屋がどこの川を次の探訪地に選ぶか話し合ったという。女性部員の一人は、「茶屋先生は、熊野川をやるっていいそうな気がします」といったらしい。

熊野川は、三重県南部、紀伊《きい》山地の大峰《おおみね》山脈、八剣山《はっけんざん》付近から発して十津川《とつがわ》となり、下流で熊野川となって新宮《しんぐう》市で熊野灘《なだ》に注ぐ近畿地方最長の川であると、その部員は力説したらしい。それには理由《わけ》があった。彼女の祖母は十津川近くの湯泉地《とうせんじ》温泉の出身で、「家の庭の柿の実を食べに、鹿《しか》も熊《くま》もやってきた」と話していたという。

「なんとなく熊野川のほうが風情《ふぜい》ありそうな気がし

ますが、富士川をやりたい理由は、なんですか」

牧村は、ハルマキが沸《た》てたコーヒーを一口すすってからきいた。

「だから、日本三大急流の一つだからだよ」

茶屋はそういったが、じつはべつの理由があった。

彼は、車でも列車でも富士川を渡るたびに、釜石《かまいし》という人物を思い出すのだった。

釜石工務店という建築業を営んでいる、棟梁《とうりよう》の釜石喜八郎《きはちろう》はいつも、朝から酒を飲んだような赤い顔をしている。身長は一八〇センチ近くで、五十歳だが頭頂部には髪がない。声が大きく、現場では大声を張り上げて作業員を叱《しか》りとばしている。

妻の千穂《ちほ》は、山梨県の身延町《みのぶちよう》の出身で、「富士川を筏《いかだ》で下ってきた」と冗談をいっていた細面《ほそおもて》の美人である。

彼女は中学を出ると田子《たご》の浦《うら》近くの製紙工場に勤めていた。その工場の改修工事にいっていた釜石に見初《みそ》められ、いい寄られて、嫁になったという人物である。現在は十八歳と十五歳になる娘たちもいる。

三年ほど前のことだが、茶屋は富士《ふじ》市のある人に用事があって、その家をさがして車で走っているうち、道路脇の田圃《たんぼ》に突っ込んでしまった。車からは出ることができたが、膝《ひざ》まで泥水につかってしまったし、田のなかから車を引き出すことができなかった。そのようすを近くの工事現場で見ていた男がいた。それが釜石喜八郎だった。

彼は若い作業員を呼び寄せて、茶屋の車を田のなかから引っ張り出して、小川の水で洗ってくれた。茶屋を自宅へ連れていって風呂に入れてくれ、サイズちがいのズボンまで貸してくれた。

その日は、すぐに日没となってしまった。「きょうは車に乗らないほうがいい」釜石はそういって、酒を出してくれた。妻と二人の娘と一緒に夕飯を食べた。職業をきかれたので、あちらこちらへ旅をして、紀行文を新聞や雑誌に書いていると話した。

「わたし、名前を知っています」と、上の娘がいった。川沿いの街で起きた殺人事件を解決に導いた話を、週刊誌で読んだ憶《おぼ》えがあるといった。

茶屋は喜八郎と差しつ差されつして飲んだ酒に酔いつぶれ、眠ってしまった。真夜中に目を醒《さ》まし、初めて会った人の家に泊まったことを思い出し、自分でも寒気《さむけ》を覚えた。

以来、年に二回はちょっとした物を提《さ》げて、釜石家へ立ち寄っている。

先月のある日のことだが、珍しいことに釜石千穂から、事務所にいる茶屋に電話があった。

「先生は、お忙しいのでしょうね」

千穂の声は寂しげだった。

「相変わらずですが、なにか……」

「子どものことなんですけど、気になることがあるので、ご迷惑でなかったら」

彼女は語尾を消すようないいかたをした。

「お子さんのことというと……」

「菜々緒《ななお》のことなんです」

上の娘だ。たしか十八歳で高校生だ。下の娘は三つちがいで美歌子《みかこ》という。

「最近、元気がないとか……」

「元気もないのですが、親しくしていた人が、交通事故で亡くなったからなんです」

「亡くなったのは、男性……」

「そうです。亡くなったので元気をなくしているのは理解できますけど、その行動が気がかりなんです」

「菜々緒さんの行動……」

「ええ。部屋に閉じこもっている時間が長く、なにかを思いつくのか、黙って、すっと家を出ていくんです。どこへいってきたのかをきいても、返事をしません」
二、三日後に茶屋は、釜石家を訪ねることにし、それを千穂に伝えた。

彼女は、
「よろしくお願いします」
と、心細げな声を出して電話を切った。茶屋は千穂の顔とすらりとした背を思い浮かべ、すぐに駆けつけてやれないもどかしさを胸のうちで謝ったのだった。

女性サンデーに連載する名川シリーズの探訪地が富士川と決まり、牧村が用意してくれた資料を開いた。

「長野、山梨県境の南アルプス甲斐駒ヶ岳《かいこまがたけ》の北西に位置する鋸岳《のこぎりだけ》の西面から流れ出した長さ一二八キロメートル、流域面積三五七〇平方キロの急流。いったん北流してから鋭《するど》く向きを東南に変え、釜無川《かまなしがわ》と呼ばれて、八ヶ岳《やつがたけ》の裾《すそ》野に横たわる峡谷を流れ、右支川《うしがわ》の急流である尾白川《おじらがわ》、大武川《おおむかわ》、小武川《こむかわ》を合流させる。甲府《こうふ》盆地に入る直前に、塩川《しおかわ》と御勅使川《みだいがわ》と合流、御勅使川と釜無川は複合扇状地を形成しながら盆地西側を南に流れる。一方、東側は甲武信ヶ岳《こぶしがたけ》水源の笛吹川《ふえふきがわ》が南西へ流れる。この二川が合流して富士川となる。

中流域は、市川大門《いちかわだいもん》から富士市までの約五〇キロ、西側の身延山地、東側に富士山西麓《ふじさんせいろく》に接する天子《てんし》山地の山間《やまあい》を南へと流れる。広い河原と河岸段丘《かがんだんきゅう》が発達し、段丘上に集落が分布。南アルプスの北岳《きただけ》を水源として南下する早川《はやかわ》が右岸から合流する。下流域では近世初頭に構築された雁堤《かりがねつつみ》が羽を広げるように配置され、その下流に富士川扇状地が展開している。扇面は急勾配で南に向かって傾き、その半径は約七キロメートル、扇端の弧の長さは約一〇キロメートル。河口の松林の中を通って、急流のまま駿河湾に注ぐ」

「取材地が決まったので、その記念に、今夜は歌舞伎町《かぶきちょう》で」
牧村はにこりとした。

新宿《しんじゆく》・歌舞伎町には牧村のいきつけの「チャーチル」というあまり上等でないクラブがある。そこには、あざみという名の二十七、八歳の足の長いコがいる。牧村はあざみにぞっこんで、酒に酔う前から手をにぎったり撫《な》でたりしている。

「私は歌舞伎町なんか、いかないよ」

茶屋は横を向いた。

取材旅行の前に、雑誌に載せるエッセイを二本書かなくてはならない。一本は、旅先で摂《と》った旨《うま》い食べ物のこと。べつの一本は、思い出の映画という注文だった。

「先生の思い出の映画は?」

牧村がきいた。

「『終着駅』と『地上《こ こ》より永遠《と わ》に』。それから『ヘッドライト』『かくも長き不在』」

牧村は、茶屋が挙げた映画を一本も観ていないといった。

牧村は、気が変わったら電話を、といって立ち上がった。

「気なんか、変わらないよ。あんたはチャーチルへは毎週いっているんだろ」

「先週は忙しくて、いけませんでした。先々週いったとき、北海道が大好きの丹子《たんこ》ちゃんが、茶屋先生に会いたいっていってましたよ」

声がハスキーなコだ。細いからだをグリーンかピンクのロングドレスで包んでいる。珍しい名だったので、初めて席についたとき、自分で考えたのかときいたら、父親が付けた本名だといった。彼女は、毎年、北海道旅行をしているといったので、それまでどこへいったのかを茶屋はきいたことがある。

「小樽《おたる》、函館《はこだて》、苫小牧《とまこまい》。それから、留萌《るもい》、滝川《たきかわ》、稚内《わっかない》です」

どこかで聴いた歌の文句のようだった。

2

茶屋は、富士市の釜石喜八郎宅を訪ねるのに、車にしようか列車でいくかを迷っていた。

「車にしましょう。富士川の下流から遡《さかのぼ》ることになるんですから」

牧村が電話でいった。

「あんたもいくの?」

「一緒にいくんです。先生の気の付かないことを補《おぎな》ったり、アイデアを出すのは私ですので」

「いままでに、あんたのアイデアをきいた憶えはなかったと思うが」

「そんなことは……。先生は物忘れがはげしいので、私が考えたことをすっかり忘れてしまっているんでしょう」

たぶん邪魔になるだけだろうと思ったが、牧村の同行を承知した。


昨日は冷たい雨だったので、きょうの天候が気がかりだったが、窓には薄日があたっていた。

茶屋は車を、事務所のビルオーナーの大型車の隣にとめている。一週間ばかり乗っていなかったので、窓のほこりをタオルで拭《ふ》いていた。車の反対側にぶよっとした緑色の物が立ち上がった。

「お早《はよ》うございます」

牧村は若葉のような色のジャケットに白いズボンを穿《は》いていた。一昨日の牧村はミカンのような色のジャケットだった。若葉のような色といい、ミカンのような色といい、それは彼の妻の趣味なのではないか。彼には色彩を選ぶ感覚が乏《とぼ》しい。それを知った妻が、群衆《ぐんしゅう》のなかへもぐっても目立ちそうな色の服を選んで着せているのではないか。その妻はもしかしたら喪服《もふく》を連想させるような服装をしているのではと、茶屋は想像した。

「きょうは、いいお天気になります。私の希《ねが》いが通じたんです。あしたはきょうよりもっといいお天気になるでしょう」

牧村は、茶屋より先に助手席へ乗りこんだ。

「ゆうべは、歌舞伎町の店へいったのか」

「いきました。あざみはきのうもきれいでした。色白の丹子は、少し太ったようでしたよ。太ったといえばママです。以前から太めでしたけど、ゆうべは、彼女が歩くと、地面がへこみそうでした」

「ママはいまごろ、くしゃみをしてるだろうな」

「ママは、なぜ茶屋先生を連れてこないのかって、不機嫌な顔をしていましたよ。ひょっとしたらママは、茶屋先生を好きなんじゃないでしょうか」

御殿場《ごてんば》で一服した。富士山には二段になった白い雲がたなびき、山頂を隠していた。

きょうは十月十八日。一昨日、富士山の初冠雪というニュースが届き、昨日は八甲田山《はっこうださん》が初冠雪。けさは南アルプスが雪をかぶったとラジオは伝えた。

新東名高速道路《しんとうめいこうそくどうろ》のほうがすいていそうだったが、釜石家へは東名高速道を利用したほうが便利だった。

大工の家は立て付けが悪いとか、地味《じみ》だなどといわれているが、二階建ての釜石家には桧《ひのき》の香りがしそうな門があって、黒い瓦《かわら》屋根の母屋《おもや》は板塀《いたべい》で囲われていた。母屋の隣には作業場と倉庫が建っていた。

門のインターホンに呼び掛けると、すぐに千穂が応えて門へ出てきた。

茶屋は、若葉のような色のジャケットを着た牧村を、女性サンデーの編集長だと千穂に紹介した。

茶屋と牧村は、石灯籠《いしどうろう》と小さな池のある庭を見てから、床の間のある座敷へ通された。掛軸《かけじく》が垂れていた。薄墨の文字を読んだ。

「冬柿の紅《あか》きを嚙《か》めば渋甘く　古里のなき暮れの深雪　　しのぶ」

と読めた。

お茶を淹《い》れてきた千穂に、軸にうたを書いた「しのぶ」とは、どういう人かと尋ねた。

「菜々緒にお習字を教えてくださっていた、元小学校の先生です」

茶屋はあらためて軸を振り向いた。

「流れるような、こういう字を書ける人が、うらやましい」

「茶屋先生は、立派な金釘流《かなくぎりゅう》ですものね」

牧村は白い歯を見せた。

茶屋は横目で牧村をにらんだ。

千穂は、自分の前へは小ぶりの湯飲みを置いてすわった。彼女の額《ひたい》の右の生えぎわ近くには小豆《あずき》大のホクロがある。そのホクロは、ある日は黒く、ある日は小豆色に見える、と喜八郎がいったことがある。きょうのホクロは黒である。

茶屋は、菜々緒の最近の変化について精《くわ》しくきくことにした。

「一か月ぐらい前のことですけど、菜々緒の仲よしの入江照正《いりえてるまさ》というお茶農家の息子さんが亡くなりました。夜のことですが、交通事故に遭《あ》って、意識不明の大怪我《おおけが》を負って、三日目の夜に病院で亡くなったんです」

「交通事故が原因とは、轢《ひ》き逃げでは」

「そうです。警察が調べていますけど、どんな車両なのかも、運転していた人もはっきり分かっていないようです」

事故現場は身延線柚木《ゆのき》駅近くの県道。入江照正は夜の九時少しすぎ、信号のない県道を渡ろうとしていた。車両はその彼をはねたが、救助要請をしないまま現場から走り去った。その直後に現場を通りかかった乗用車の人が、暗がりに倒れていた人を見つけて一一九番通報した。通報によって駆けつけた救急隊員は、当て逃げとか、轢き逃げだといって警察を呼び、怪我人を病院へ運んだ。

怪我人は意識不明だったが、持ち物から氏名と身元が判明した。住所は富士市岩本《いわもと》。茶畑を広く所有している農家の長男で二十歳。自宅から約三〇〇メートルの大曲《おおまがり》という農家を訪ねて、そこの長男の隆一《りゆういち》と将棋を指《さ》しての帰りだったことが分かった。照正は将棋が強いことが付近で知られていた。たびたび隆一と対戦していたことを知っている人は何人もいた。

照正は、意識が戻らぬまま息を引き取った。遺《のこ》された家族は、両親、祖母、姉二人。葬儀は冷たい小雨の日に、ひっそりと執《と》り行なわれた。

事件現場所轄《しよかつ》の富士警察署は、歩いて道路を横断しようとしていた入江照正に衝突して逃走した車両の割り出しを急いだ。

精しく検《しら》べると、照正の仙骨《せんこつ》部の左から臀《でん》部《ぶ》にかけての肌にタイヤ痕《こん》とみられるものが残っており、それの上部に横約三センチの鬱血痕《うつけつこん》が認められた。この鬱血痕はフロントフェンダーの先端と判断された。つまり彼に衝突したのはバイクだったと断定した。タイヤ痕から車種が判明した例は数えきれないほどだが、照正の臀部に刻《きざ》まれたタイヤ痕は複雑で、車種とタイヤ痕を特定することができないまま時間が流れた。

車が衝突した場合、被害者の身体に車種を特定する痕跡が残るのを知って、タイヤに細工をほどこしたのだとしたら、加害者は故意に衝突したと考えられる。つまり、事故ではなく殺人だ。そうなると被害者の日常生活を調べなくてはならない。

照正は、身長一七〇センチで体重六四キロ程度。幼いころから丈夫なほうで、長く床《とこ》に臥《ふ》すような病気をしたことはなかった。

富士市内の高校を卒業していた。学業成績はクラスのうちで中程度。大学進学の意思はなく、家業に従事したのだという。

小学校低学年のころに将棋を覚え、同年代の男女と対戦していたが、上達は早く、将棋好きの大人《おとな》に招かれて指すようになったという。

事件当日の照正は、夕食を終えた午後七時ごろ、大曲家へいくといって、歩いて家を出ていった。大曲隆一と対局していたが、ビールを出されたので、それをちびりちびり飲《や》りながら指して、午後九時になったのを自分の腕時計で確認すると膝を立てた。

隆一の母親が、「小腹がすいたろう」といって、いつものように煎餅《せんべい》や大福餅《だいふくもち》を出したが、その夜は菓子に手をつけず、缶ビールを一本飲んだだけだった――

千穂の話は娘の菜々緒のことに移った。

「菜々緒は、照正さんを好きだったようで、ときどき会っていました。わたしは二人が会っているところを見たことはありません。美歌子から、菜々緒は照正さんとお付き合いしていたらしいときいたんです。……それで、そのことを菜々緒に質《ただ》したら、ときどき会っていることを小さい声で認めました。照正さんは真面目《まじめ》な人らしいので、少しほっとしました」

「菜々緒さんが気になる行動をするようになったのは、入江照正さんが亡くなったことと関係がありそうなんですね」

茶屋はお茶を一口飲んで千穂の顔に注目した。

「そうだと思います。夕ご飯を食べるとすぐに二階の自分の部屋へいくんです。以前は、わたしたちと一緒にテレビを観ながらご飯を食べて、片付けを手伝ったり、三十分ぐらいは話をしていたんです。それが今は、使った食器を片付けると、すぐに部屋へ入って、寝てしまうこともあるようですけど、なにか思い付いたように家を出ていくんです」

「どこへいくともいわないんですね」

「いいません。怒ったような顔をして。……そうそう、自転車に乗ってどこかへいくんです」

学校から帰った夕方以降の時間帯に、三十分か一時間ぐらい出かけて帰ってくる。またなにもいわずに自分の部屋へ入って、出てこない。朝食のときもほとんど口を利《き》かない。

「けさも主人が、仏頂面《ぶっちょうづら》をして飯を食うんじゃない、なんて叱りましたけど、返事をしませんでした。……主人もわたしも、何回も、夜はどこへいってくるのかをききましたけど、答えてくれないんです」

「亡くなった入江照正さんの家はどこですか」

茶屋は、ノートにメモを取りながらきいた。

「県道を北へ四〇〇メートルぐらいいったところです」

「夜、自転車に乗るのは、入江さんの家へいくのでは……」

「わたしもそう思いましたので、照正さんのお母さんにききましたけど、菜々緒が夜間に独りで来たことはないそうです」

「昼間、訪問したことはあったんですね」

「一度だけ、学校の帰りに寄って、照正さんのお写真の前へ線香《せんこう》を供《そな》えてから、なにもいわずに帰ったそうです」

千穂は、照正の母親に、菜々緒の行動を話し、心あたりはないかときいた。だが母親は首をかしげただけだったという。

「先生」

牧村が横から茶屋の横腹をつついた。茶屋が振り向くと、菜々緒は今夜も外出するかもしれない。出掛けたらそれを尾行してみようといった。取材の目的とはずれているが気にならないらしい。

「私もそれを考えた」

茶屋と牧村はうなずき合った。

3

新東名高速道路をくぐって、富士宮《ふじのみや》市に入った。身延線は富士川に沿って走っていたが、芝川《しばかわ》で急に角度を変えた。浅間大社《せんげんたいしゃ》にお参りさせるための企《たく》みだったのではないか。

精進川《しょうじんがわ》に沿う道路を遡って、名瀑《めいばく》と名高い白糸《しらいと》の滝《たき》に着いた。階段を下りていくと観光客が二十人ばかりいた。高さ二〇メートルほど、幅約二〇〇メートル。大小数百もの白い滝が、林のなかから絹糸のように落ちている。富士山の雪解け水が溶岩断層のあいだから湧《わ》き出て、険《けわ》しくて美しい名勝《めいしょう》をつくっている。黒々した岩に落ちる滝は霧《きり》と風を起こしていて、肌は冷たくなった。

牧村はものをいわなくなった。滝が起こす風と霧にあたっているせいか、彼の顔は蒼《あお》く見えた。

「この滝は、年がら年中、流れつづけているのか」

牧村は、腕組みして、あたりまえのことをいった。

茶屋と牧村は、白糸の滝の近くの店でざるそばを食べ、疾《はや》い流れの川に沿いながら、富士市の釜石家の門が見えるところへもどった。

三十分もすると次女の美歌子が学校から帰ってきた。運動好きだと千穂はいっていたが、足は細く見えた。それから一時間後、菜々緒が帰宅した。背が高く、顔立ちは母親に似ている。たぶん男子からは注目されているだろう。

「菜々緒が出掛けたら、それを尾《つ》ける」

「それまで張り込むんですか」

「そう。どこへいくのかを確かめよう」

「夕飯はどうしますか」

「一食ぐらい抜いたって、死ぬようなことはない」

「そんな……。私は死ぬかもしれない。私が死んだら、先生は検挙されますよ。殺人罪で。交替で食事を摂ってくるという手があったのに、私を車内にくくりつけて、外出を許さなかったと訴えます」

「死んだ者が、そんなことを喋《しゃべ》るか」

茶屋は、明るいうちにスーパーかコンビニをさがすことにした。

富士駅の近くにコンビニがあった。そこでにぎり飯を買って、張り込み場所へもどった。

日が暮れた。釜石家の門をにらんでいなくてはならないのに、牧村は助手席で腕を組んで目を瞑《つむ》っていた。

若い女性が手提げを持って門のくぐり戸を入っていったが、すぐに出てきた。

「車のなかで、冷たいにぎり飯とは、情けないね」

牧村はそういってにぎり飯を頬張《ほおば》った。午後四時三十分だった。腹がふくれたら眠るにちがいない。

午後五時二十分、茶屋は冷たいにぎり飯に嚙みついた。と、釜石家の門のくぐり戸から自転車の車輪があらわれ、菜々緒が出てきた。茶屋は牧村の横腹をつついた。彼女は丈《たけ》の短いコートを着て、マフラーを巻いていた。左折を二回繰り返し、新東名高速道路をまたぐ橋の上で自転車を降りた。茶屋は橋の袂《たもと》の暗がりに車をとめた。

「あのコ、なにか持っていますよね」

牧村が顔を車窓に押しつけた。

菜々緒はたしかになにかを両手で抱えるような格好をして、欄干《らんかん》にしがみついている。橋の上を自転車に乗った若い女性が二人通ったが菜々緒は見向きもせず、橋の下の高速道路を通過する車を見下ろしているようだった。

彼女が橋の上に立って十分あまりが過ぎた。茶屋は、彼女がなにを手にしているのかを確かめたかった。車を降りようとしたとき、固い物がはぜたような音をきいた。その次の瞬間、橋の下から地面を打つような音がきこえた。

茶屋と牧村は顔を見合わせ、「なんの音だろう」といい合って橋の上から道路をのぞこうとした。菜々緒は自転車にまたがっていた。

地面を打つような音がし、菜々緒は自転車にまたがった。これらの異変は関連しているように思われた。

茶屋と牧村は欄干につかまって道路を見下ろした。西方面へ向かう一車線と二車線に車が何台もとまっていた。追い越し車線を走る車はスピードを落として走っていた。

「事故が起きたんだ」

茶屋は橋の反対側へ移って道路を見下ろした。事故は橋の真下の暗がりで発生したらしい。

彼は首をまわした。菜々緒をさがしたが、彼女の姿は消えていた。
七、八分経った。東のほうから救急車のサイレンがきこえはじめた。怪我人が出たらしい。

茶屋と牧村は、ホテルをさがすのが面倒になって車のなかで目を瞑った。夜明けの空気は冷たかった。気温は低いが空は蒼く、白い雲が東のほうへと流れていた。富士山の山頂で雲が動いた。真っ白い富士が姿をあらわした。

茶屋たちは、昨日の五時半すぎに発生した新東名高速道路の事故現場を見にいった。現場から一〇〇メートルほどはなれたところへ車をとめた。

警察官が何人もいて、一車線は通行止めにされていた。道路の端にあるハンドルと前輪が直角に近いくらい曲がった赤いバイクを撮影している男がおり、メモを取っているらしい男もいた。二人には「報道」の腕章が巻かれている。

メモを取っていた四十歳見当の男が歩いてきたので、茶屋は声を掛けた。新聞社の「日刊富士」の記者だった。

茶屋は名刺を渡して、話をききたいといった。記者は受け取った名刺を見ていたが、

「旅行作家の茶屋次郎さんですね」

といって、名刺と茶屋の顔を見比べるような表情をした。記者も名刺を出した。船越壮太《ふなこしそうた》という名だった。

「じつは私はきのうの夕方、あの橋の近くで妙な物音をきいたんです。その瞬間、高速道路で事故が発生したのだなと感じました。それはバイクが道路の側壁に衝突した音だったんですね」

茶屋はそういって、バイクを運転していた人の怪我は重いのかときいた。

「バイクの人は、富士宮市大久保《おおくぼ》の新富伸行《しんとみのぶゆき》という

人で、四十二歳。沼津《ぬまづ》市の浜中水産《はまなかすいさん》という会社の社員だということが分かりました。……茶屋さんは、ゆうべ、あの橋の上にでもいらしたんですか」

船越記者は顎《あご》を上げて橋のほうを指差した。

「私は、富士川の取材にきて、この付近のあちこちを歩いていたんです。一緒にきたのが、女性サンデー編集長の牧村さん」

牧村は、検証中の警察官と、壊れたバイクをのぞいている。

「茶屋さんは、ゆうべの五時半ごろに、牧村さんと二人でこの辺を歩いていたんですね」

船越は、念を押すようにいった。

「そうです。彼と一緒でした」

「夕方の五時半ごろ歩いていたというと、この付近でなにかをさがしていたんですか」

「いや。ただ歩いていただけ。散歩です」

「ゆうべは、どちらへお泊まりでしたか」

船越は、なにかを疑っているようなききかたをした。

茶屋は船越の質問に答えず、バイクの事故にはなにか疑問でもあるのか、ときいた。

「あるんです。この事故は、運転ミスなんかでなく、事件の可能性が……」

「事件。どこでその可能性が……」

「だれかが、橋の上から、一キロぐらいの重さの石を入れたドンブリを道路へ投げ落としたようです。そのドンブリは新富さんのからだにはあたらなかったようですが、彼のバイクのフェンダーにあたった。新富さんはあわてて運転をあやまり、側壁に衝突したんだと思います」

「橋の上から、一キロ見当の重さの石を入れたドンブリを、投げ落とした？」

茶屋は、約二〇メートル下の道路をにらんだ。橋の上にはやじ馬が四、五人いて、道路を見下ろしている。船越の話のとおりなら、それはたしかに事件だ。新富伸行という人が死亡したとしたら、殺人事件ということになる。新富は何者かに生命を狙われていたのだろうか。ドンブリに石を入れて、バイクで走ってくる新富を狙っていた者がいる。彼は会社員のようだが、どんな人柄だったのか。

彼の頭にも昨日の菜々緒の姿が浮かんだ。

彼女は昨夕、自宅を自転車で出掛けた。着いたところは新東名高速道路に架かる橋の上。網をはった欄干に胸を押しつけて東のほうを向いていた。なにかを両手で抱えているようだったが、暗がりなので、持っている物のかたちも色も分からなかった。

彼女が橋の上に立って十分あまりが過ぎた。時計を確認したわけではないが、午後五時三、四十分だったと思う。橋の下で妙な物音と衝撃音をきいた。それはバイクで走ってきた新富伸行が、橋の上から落ちてきた物にあたり、運転をあやまって道路の側壁に衝突した音だったのだ。菜々緒はというと、橋の下からの物音をきいたからか、自転車に乗って自宅のほうへ消えていった。

船越記者は茶屋の顔をにらむように見て、昨夜はどこへ泊まったのかを、あらためてきいた。

車のなかで眠ったと答えると、「ほんとうか」というふうに、わずかに首をかしげた。

「茶屋さんは、高速道で発生したバイクの事故を、知っていたんじゃないですか」

「いいえ。知りません」

茶屋は釜石菜々緒の外出を尾けたことを隠すことにした。

「事故を知っていたので、けさ、現場を見にきたんじゃないですか」

「いや。通りかかったら、高速道路でなにかを調べているようだったので、それを見ようとしたんです」

茶屋は嘘《うそ》をついたので、表情を隠すために腕の時計に目を落とした。

事故現場を見ていた牧村が近寄ってきた。茶屋は牧村の腕をつかんで車にもどった。

「私は、ゆうべ、釜石菜々緒の後を尾け、彼女が橋の上に立っていたことを、新聞記者に話さなかった。いずれバレるかもしれないが、いまはいわないことにした。だからあんたも黙っていてくれ」

牧村はうなずいたが、

「ゆうべ、われわれの車を見ていた人がいるかも」

牧村は、茶屋が隠したことが露見《ろけん》するのを怖れているようだ。

茶屋は、釜石家へ向かった。が、少しはなれたところへ車をとめた。

千穂に会った。

「ゆうべ、菜々緒さんが自転車に乗って出掛けたのを、知っていますか」

茶屋がきいた。

「知っています」

「どこへいったか知っていますか」

「いいえ。いつも黙って出掛け、帰ってきても黙っていています」

茶屋は、菜々緒が高速道路に架かる橋の上に立っていたのを話した。

「橋の上で、なにをしていたんでしょう」

千穂は胸に手をあて、真剣な顔を茶屋に向けた。

「菜々緒さんは高速道の下り車線の真上に立って、東のほうを向いていました。沼津方面から走ってくる車を見下ろしていたようです。そしてなにかを抱えるようにしていました。持っていたのがなんだったか、分かりますか」

千穂は、首を横に振った。

茶屋は、さっき船越記者からきいたことを話した。何者かが橋の上から一キロほどの石を入れたドンブリを投げ落とした。高速道をバイクで走っていた人を狙って落下させたようである。ドンブリはバイクにあたった。運転していた人はあわてたにちがいない。ハンドルを切りそこねて、道路の側壁に衝突して重傷を負った。

「怪我をしたのは、富士宮市の新富伸行という四十二歳の男性ですが、ご存じの方ですか」

「知りません」

千穂は顔を伏せて黙っていたが、寒さを覚えたように身震いして、

「菜々緒が、その人をめがけて、石を入れたドンブリを投げ落としたというんですか」

と、血の気を失ったような蒼い顔をした。

「バイクが側壁に衝突した音がきこえました。菜々緒さんは、まるでその音を確認して、橋の上から走り去ったように見えました」

茶屋は、昨夜からけさにかけての菜々緒のようすをきいた。

「ゆうべの菜々緒は、わたしの知らないうちに帰ってきて、お風呂に入って、なにもいわずに自分の部屋へ。……テレビを観ていた美歌子は、なにかききたいことがあったらしくて、『お姉ちゃん』と呼びましたけど、菜々緒は振り向きもせずに、二階へ。……けさはいつもと変わらずご飯を食べましたし、いつもの時間に学校へいきました」

そういった千穂は考え顔をしていたが、橋の上から高速道へ落下させたドンブリは、どんな物だったかを茶屋にきいた。だが、彼は現物を見たわけではない。事故か事件の証拠品として警察が保管しているにちがいない。

千穂は風を起こすように立ち上がると、キッチンへ走った。が、すぐにもどってきて、器《うつわ》の数はそろっているといった。その顔は、橋の上から高速道へドンブリを落下させたのは菜々緒ではないといっているようだった。

隣室で電話が鳴った。千穂の声はきこえなかった。彼女はすぐに座敷へもどってくると、

「電話は学校の先生からでした。菜々緒は登校していないけど、どうしたのかときかれました」

千穂は唇《くちびる》を震わせていた。蒼くなった顔を両手ではさんだ。

彼女は二、三分のあいだ下を向いて黙っていた

が、ポケットからスマホを取り出した。

茶屋たちに背中を向けて話しはじめた。相手は夫の喜八郎のようだ。

「菜々緒は、ゆうべ……」

彼女はそういうと、背中を丸くして、むせび泣いた。背中を波打たせながら、菜々緒のケータイに掛けた。だが、電源が切られているという。

4

喜八郎が工事現場からもどってきた。眉《まゆ》を寄せて茶屋と牧村の前であぐらをかいた。

茶屋が、昨夕の菜々緒の行動を話した。彼女は橋の上でなにかを抱えていたが、そこは暗いのでなにを持っているのかは分からなかった。けさになって、彼女が抱えていた物はドンブリだったのかもしれない。そのドンブリには約一キロの石を入れていたらしいこともけさになって判明した、と、事件現場の近くで新聞記者にきいたことを話した。

「ドンブリに石を入れて……」

喜八郎は下唇を突き出した。黒くて太い眉は吊り上がっている。

茶屋は反省を口にした。まさか菜々緒が、高速道へドンブリや石を落下させることなど想像していなかった。彼女が抱えていた物が分かっていたら、それを奪い取って、なにをしようとしたのかをきいたはずだ。

「さっき奥さんが、台所で食器の数を確認しましたが、失《な》くなっているものはないということです」

喜八郎はうなずくと、ガラス戸をいっぱいに開け、つっかけを履いて庭へ下りた。

「やっぱり、ない」

彼は、赤と黒の鯉《こい》が泳ぐ池の淵《ふち》に視線を落とした。淵《ふち》近くの地面の一か所には円《まる》いへこみがあった。縁の欠けたドンブリを植木鉢がわりにしていたのだという。菜々緒はそのドンブリに丸い石を入れて、高速道をまたぐ橋の上へいったのかもしれない。

これで凶器の出所とそれを使った者がだれだったかが想像できた。

昨夕の菜々緒は、橋の下での衝突音をきいて、自宅へ逃げ帰り、なにくわぬ態《てい》で風呂に入って自室へこもったということか。彼女はバイクが道路の側壁へ衝突した音をきいたとき、運転していた人は死亡したろうと思ったはずだ。バイクに乗っていたのは四十二歳の新富伸行という男だった。その男と菜々緒はどういう間柄だったのかは、これから分かるだろう。

喜八郎は座敷へもどると、立ったまま、

「菜々緒をさがす」

と、目を光らせていた。千穂は冷たいキッチンの板の間にうずくまっていた。

茶屋と牧村は、喜八郎の車を追いかけた。

喜八郎はガソリンスタンドへ寄ると、電話を掛けた。三、四分話していた。会話を終えると、茶屋のほうを向いて、

「菜々緒は、身延町へいったんじゃないかと思います」

といった。

「身延町とは……」

茶屋がきいた。

「千穂の実家です。菜々緒は、ばあさんが好きなんです。千穂の母で六十半《なか》ば。ばあさんも菜々緒が可愛くて可愛くて……」

喜八郎は、今宮《いまみや》という千穂の実家へ電話したが、菜々緒はきていないといわれたという。今宮家へは千穂も電話を掛けたらしい。

「あと心あたりは……」

茶屋が、怒っているような顔の喜八郎にきいた。

「以前、小学校の先生をしていたが、からだをこわしたので学校を辞めて、いまは自宅で習字を教えている稲垣《いながき》忍《しのぶ》という女の先生の家へは、ちょくちょ

くいっているようです」

その先生の家は富士市内だという。

千穂は稲垣忍をよく知っているし、今回のことでも彼女を思い付いて、電話をしているにちがいない、と喜八郎はいった。

喜八郎は、茶屋と牧村になにもいわず車に乗った。茶屋は彼の車の後に続いた。

着いたところは、先生の家ではなく、喜八郎がアパートを建てている現場だった。骨組みが出来上がったところで、木の香りがただよっている。

喜八郎は建物を一周しながら茶屋たちの前へくると、

「いま家内から電話があって、菜々緒は稲垣先生の家へいったということです。稲垣先生が電話をくれたんです。先生は、お父さんもお母さんも心配でしょうけど、いまはここへはおいでにならないでといったそうです」

彼は、分厚い胸を撫でた。娘の所在が分かったのでほっとしたようだ。

茶屋と牧村は、富士駅近くの食堂で向かい合った。茶屋より先に牧村は天ぷらそばを注文した。茶屋は米を食べたくなったのでカツ丼にした。

テレビはニュースの時間になった。

「昨夕、富士市の新東名高速道路で発生したバイクの事故に関して、新しい情報が入りました」

と、男のアナウンサーが原稿を読みはじめた。

バイクを運転していた富士宮市の新富伸行は、意識を失っていたが、午前九時ごろ意識を取りもどしたらしい。画面の中で、医師と警察官に見守られていた新富は、からだの痛みをこらえながら、『左側の車線を走っていたが、橋の上からなにかが落ちてきて、バイクのフロントフェンダーに衝突した。その瞬間、ハンドルを左に切ったことまでは憶えている』と、薄目を開けて小さい声で話し、橋の上から落ちてきた物はなんだったのかを、警察官に尋ね

た。警官は、

『落下物はラーメンのドンブリで、そのなかに丸い石が入っていたらしい』

と話した。

『それを落下させたのは、だれなのか』

と、新富は顔をゆがめてきいた。

『それが分かっていないので、警察は目撃者がいないかを懸命にさがしている』

と警官は答えた——

ニュースはそこまでだった。

「先生、どうしますか」

牧村は割り箸《ばし》を割《さ》くと、テーブルをひとつ叩いた。

「橋の上から道路へなにかを落下させた者を目撃した。だがそれを警察に伝えない。これは罪になりそうだね」

「加害者の肩を持ったことにもなります。もしかしたら警察は、共犯者という見方をするかも」

茶屋がカツ丼を一口食べたところへ、千穂が電話をよこした。

稲垣先生宅へいった菜々緒は、用意された食事には手をつけず、水だけ飲んでテレビを観ていたらしい。だが、急に悲鳴のような声を上げ、両手で顔をおおって泣いている、といって先生が電話をよこしたのだという。

いったんは、「こないで」といった稲垣先生だったが、菜々緒の豹変《ひょうへん》ぶりに驚いて、千穂に電話をしたようだ。

「さっきのテレビニュースが刺激になったんじゃないか」

茶屋はカツを嚙みながらいった。

「さっきのニュースでは、怪我をした男が意識を取りもどしたといっただけでした」

「それだ。それが刺激になったんだ」

「死んだものと思っていた男が、意識を……。彼女は、新富伸行という男が生きていては困る、ということでしょうか」

　牧村はそばを食べ終え、両手でドンブリを持って汁を飲み干した。

「そうかもしれない。千穂さんと一緒に稲垣宅へいってみよう」

　富士川を遡るつもりでやってきたのだったが、思わぬ事態になった。

　茶屋は、千穂を車の助手席に乗せ、道案内をさせながら稲垣宅へ着いた。小ぢんまりとした二階建てで、入口には「書道教室」という筆字の看板が出ていた。

　元小学校教師だったという稲垣忍は五十半ばの細身の女性で、思いがけない変事に遭ったからか髪が乱れていた。

　千穂は忍に茶屋を紹介した。

　茶屋は名刺を渡した。

「茶屋次郎さん……」

　彼女は茶屋の顔と名刺を見比べるようにしてから、なにかで名前を見たような気がするといった。

「週刊誌だと思います。二、三の女性誌に紀行文やエッセイを書いていますので」

「そうそう、思い出しました。大井川《おおいがわ》を遡ったり下ったりしているうちに、茶畑に囲まれている工場で、妙な薬物をつくっているのを見抜くというお話を読みました」

　彼女は一瞬、菜々緒のことを忘れているように話した。

　茶屋は、若葉のような色のジャケットの牧村を、「女性サンデー」の編集長だと紹介した。

「マスコミの方なんですね」

　忍の顔は、警戒するような色に変わった。

　忍は千穂に、

「きょうの菜々緒ちゃんは、なにがあったのかを話してくれませんし、ご飯を出しても食べないんです。学校はってきいたら、休んだといって蒼い顔をしていました。そのうち、なぜ学校を休んだのかを話すでしょうと思っていたんですが、テレビを観ているうちに、急に悲鳴のような声を出して……」

菜々緒は座敷で顔を伏せていた。彼女の前へすわった千穂は、なぜ黙って学校を休んだのかを、叱る口調できいた。菜々緒は下を向いたまま首を横に振った。

茶屋は、千穂に断わると菜々緒の横にすわった。彼女は母親似らしく首が細い。背は高いほうだが、普通の高校三年生よりいくつか歳上に見えた。茶屋が膝をずらして近寄ると、彼を嫌うようにもぞもぞと動いた。茶屋は、

「私は、あなたのお父さんの友だちで、以前、お宅へお邪魔したことが」

「憶えています。父からも母からもときどきお名前をきいてます」

彼女は下を向いたまま小さい声で答えた。

「そうか。……なぜ私がここへきたかというと、ゆうべ五時半ごろ、新東名高速道路に架かる橋の上にいるあなたを、私は見たんだ。あなたはなにかを抱えるようにして、沼津方面から走ってくる車を見下ろしていた」

そこまでいうと、菜々緒はぶるっとからだを震わせた。高速道を矢のように走ってくる車が頭に浮かんでいるにちがいなかった。

「あなたは、持っていた物を落下させせた。それが左車線を走っていたバイクにあたった。橋の下からバイクが壁に衝突した音がした。あなたはその音をきくと、橋の上から自転車でいなくなった」

彼女は両手で耳をふさいだ。もうなにもきかないで、といっているようだ。

「きょうのあなたは、学校を無断欠席した。とても授業を受けてはいられないと思ったからでしょう」

彼女は茶屋に背中を向けた。

「さっき、あなたはここでテレビニュースを観ているうちに、悲鳴を上げたそうですが、なにか驚くことでも……」

菜々緒は首を激しく振った。

「バイクで橋をくぐろうとしたら、なにかが落ちてきて、バイクにあたった。運転していた人は操作をあやまって側壁に衝突したために怪我を負い、意識不明になった。ところがけさになって意識がもどった。その人は新富伸行さんといって……」

「わたしは、間違えました」

彼女はそういうと頭を抱えた。

「間違えた。……どういうことですか」

腰をずらして遠ざかろうとする彼女を、茶屋は追った。いまきいておかないと後悔しそうな気がした。なにを間違えたのかと、彼女の背中にきいた。

彼女は顔を両手でおおってしまった。

「間違えたっていうのは、人違いをしたっていうことでは」

牧村が、茶屋の耳もとでいった。

テレビニュースでは、意識がもどった人の名を報じた。それをきいて菜々緒は人違いであったのを知り、悲鳴を上げたのではないか。

「あなたはある人に怪我を負わせようとした。怪我だけではすまず、命を落とすことも考えられた。それでもいいと思ったんでしょう。……その人がバイクに乗って、午後五時半ごろ橋の下の高速道路を通過するのを知っていた。新富さんはあなたが狙っている人に見えた。そういうことですね」

茶屋がいうと、菜々緒は胸を押さえてうなずいた。

「あなたは、新富伸行さんを知っていましたか」

菜々緒は首を横に強く振った。

茶屋は、彼女が狙っていたのはだれか、と追及したが、答えなかった。男か女かをきいたが無駄だった。

二章　緊迫の夜

1

釜石菜々緒は人ちがいで、新富伸行という人に大《おお》怪我《けが》を負わせてしまった。

茶屋は菜々緒に、新富伸行を知っていたかときいた。彼女は、知らない人だったと答えた。

では、だれが橋の下の高速道を通ることになっていたのかをきいた。が、彼女は答えなかった。

「あなたが狙っていた人は男性で、毎晩、五時半ごろに、沼津方面からバイクでやってくることになっていたんだね」

茶屋は、背中を向けている菜々緒にきいた。

彼女はかすかにうなずいたように見えた。

「それは、どこの、なんていう人なの」

彼女は伏せている顔を上げなかった。知り合いの人かときいたが、答えなかった。

菜々緒が狙っていたのは、ある程度、日頃の行動を知っている男性にちがいない。その時間の高速道は薄暗いが、バイクの見分けはつくと判断したので、彼女は橋の上で待機していたのだろう。

「あなたは自宅の植木鉢がわりに置かれていたドンブリに、丸い石を入れて持っていった。バイクに乗って走ってくる人に向かってそれを落とせば、まちがいなく事故は起きる。バイクの人は死亡するかもしれない。それを予測して犯行におよんだ。そういうことをしようと、何日か前から考えていたんだろうね」

茶屋はいったが、菜々緒は答えないし、背中も動かなかった。

「あなたは、標的の男性に強い恨《うら》みを抱いていたんだね」

　彼女の背中がわずかに揺れた。

「あなたは入江照正さんとお付き合いをしていましたね」

　返事のつもりか彼女の頭が動いた。

「入江さんは気の毒なことに、九月十四日の夜、交通事故、いや事件だ。バイクと思われる車に衝突され、その怪我がもとで死亡した。そのことと、昨夜のあなたの行為は、無関係ではないね」

　菜々緒の肩がぴくりと動いた。

「入江さんの事件から一か月あまり経《た》っているが、加害者は分かっていない。……もしかして、あなたは、入江さんを死なせた加害者が、どこのだれかを知っていたのでは」

　また彼女の肩が動いた。

「あなたのターゲットは、入江さんを死なせた男。そうだね」

　菜々緒は首を垂《こうべ》れた。両手を動かしたようでもあった。

　茶屋の後ろから千穂が菜々緒を呼んだ。菜々緒の背中が動いた。振り向くのかと思ったが、からだを硬くしただけのようだ。

　千穂の電話が鳴った。彼女は小走りに部屋の外へ向かった。二、三分でもどってくると、美歌子からだったと菜々緒にきこえるようにいった。

　菜々緒の背中が波打った。泣き出したのだったが、ハンカチを目にあてて千穂のほうを向いた。

　また千穂の電話が鳴った。菜々緒の担任教師からのようだった。

「家へ帰ります。すみませんでした」

　菜々緒は稲垣先生の前へ両手をついた。

「いいのよ。わたしじゃ役に立たないと思うけど……。気をつけてね」

　稲垣忍は菜々緒の肩を軽く叩いた。

　茶屋は、千穂と菜々緒を車に乗せて自宅へ送った。

玄関へ美歌子が飛び出てきた。

「どうしたの。なにかあったの」

美歌子は母と姉の顔を見比べた。

千穂はめまいを起こしたようにキッチンの椅子に、腰を落とした。美歌子が寄り添い、また母と姉の顔色をうかがった。

茶屋と牧村は車にもどった。牧村は大あくびをした。眠気がさしてきたようだ。

「ホテルを見つけてから、一杯飲《や》って、きょうは早めに寝《やす》もう」

茶屋がいった。

牧村はまたあくびをして、「腹がへった」と、丸い腹を撫《な》でた。

茶屋も寝不足と空腹だ。富士駅の近くでホテルを見つけた。そこへチェックインしてから、居酒屋へ入った。店内にはサンマを焼く匂いがただよっている。陽が暮れたばかりなのにすでに酔っている人がいるらしく、奥のほうから歌声と笑い声がきこえた。

茶屋と牧村は塩焼きのサンマでビールを一杯飲むと日本酒に切りかえた。

茶屋の電話が鳴った。掛けてよこしたのは菜々緒の父親の喜八郎だった。

「先生はいまどちらですか」

彼は、娘がきょう世話になったといってからきいた。

「駅の近くの赤大将《あかだいしょう》という店です」

「では、すぐにそちらへうかがいます」

牧村は、朝から赤い顔をしている喜八郎は酒が強そうだといった。

喜八郎は十五、六分後にあらわれた。彼は小さな座布団をはずして正座すると、茶屋と牧村に、娘のことでは世話になったとあらためて頭を下げた。彼は茶屋と牧村が食べたサンマの骨を見ると、大声で店員を呼び、キンキの煮付けと、穴子の白焼きに松茸を添えて三人前、と注文した。彼はこの店をよく知っているようだ。日本酒をオーダーすると五合ぐらいが入っていそうな徳利《とっくり》が運ばれてきた。彼はその徳利を両手で持つと、茶屋と牧村の盃《はい》に注《つ》いだ。

彼の飲みかたも豪快だった。ちびりちびり盃を舐《な》めるのでなく、ぐっと一気に飲んでは自分で盃に注いだ。

喜八郎がオーダーした肴《さかな》はどれも旨《うま》かった。

牧村は、肴を食べ終えると盃を持ったまま目を瞑《つむ》り、舟を漕《こ》ぎはじめた。

「お二人とも、お疲れのようですから」

喜八郎は、さっと立って勘定をすませると、牧村の脇を抱えるようにしてホテルへ送った。フロントで茶屋がキーを受け取ったのを確認すると、「ではここで」といって、風のように去っていった。

翌朝、牧村はホテルで朝食を摂《と》ると、会社へいくといって、列車で東京へ帰った。

茶屋は、釜石菜々緒のことが気になったので釜石家へ電話した。千穂が応じた。

菜々緒を登校させるかを迷ったのだという。

「菜々緒は、いつものように学校へいかせましたけど……」

はたして登校したかが気になる、と千穂は寂しげないいかたをした。

一時間ほど経ったところで、茶屋は車のなかからまた千穂に電話した。

「学校からはなんの連絡もないので、授業を受けていると思います」

平静を装《よそお》ってか、事件への関与を気取られないようにか、学校へは行かせたものの、千穂は朝から晩まで、高校三年生の菜々緒の行動が気になってしかたがないようだ。

茶屋は、くねくねと蛇行《だこう》を繰り返し、浅瀬では流れの音をきかせている富士川を遡った。富士川の蛇行に身延線が寄り添うように走っている。川水は、すくって飲みたくなるほどきれいだ。川底には白い石が多いように見えるが、気のせいだろうか。

身延線の稲子《いなこ》、十島《とおしま》の中間が、静岡、山梨の県境だった。川は県境に関係なく、無数に散らばっている石を洗って音を立てていた。

茶屋は県境を撮影しようと、車を降りた。富士山が見えた。真っ白だ。川の上に浮かんでいるような富士山を撮りたくなって堤防の上を歩きはじめたところへ、千穂が電話をよこした。

「先生、たびたび電話をして、申し訳ありません」

彼女は胸でも押さえているのか声が弱々しい。

「菜々緒が早退したと、先生から電話がありました。先生は、菜々緒が家に着いたかを確かめるために電話をくださったのです」

「菜々緒さんは、帰宅したんですね」

「いいえ。帰ってきません」

「早退の理由は、なんだったんですか」

「お腹に手をあてて、気分が悪くなったといったそうです。先生は、保健室へいきなさいといったのですが、菜々緒は家へ帰るといったそうです」

菜々緒が学校を出て一時間が経っている。

千穂は菜々緒に電話したが、電源が切られていた。彼女は夫に電話した。が、手がはなせないといわれ、「菜々緒はかならず帰ってくるから、騒ぎたてるな」と、怒鳴《どな》られたという。

「帰ってくるとは思いますが、もう一時間ぐらい様子をみることにしたら……」

茶屋は、白い石の上を流れる川を見ながらいった。

釜石家と高校の間は徒歩で二十分ぐらいらしい。一時間あまり経っても家に着かない菜々緒はどこへいったのか。どこでなにをしようとしているのか。

茶屋は、十島駅を通過したところで、県境伝いに富士川に流れ込む佐野川《さのがわ》を眺めていた。ざわざわと音を立てていたが、合流点に近づくと、ごうごうと渦《うず》を巻いているように川は騒いでいた。

茶屋は、川音からはなれたところで千穂に電話した。

彼女は泣き声で応えた。菜々緒は帰宅しないし、電話が通じないからだろう。

「今度こそ菜々緒は、身延町のおばあちゃんに会いにいったような気がします」

千穂の実母のことである。実母は今宮冬美《ふゆみ》で、六十六歳だと千穂からきいている。

今宮家へ電話をしたかと茶屋は千穂にきいた。

「母にききましたけど、きていないといわれました。……でも信じられません」

千穂の声が変化した。なんだか怒っているような声音《こわね》だ。

「信じられないとは……」

「母は菜々緒をかばって、嘘《うそ》をついているような気がするんです」

「菜々緒さんは、学校を欠席したり、早退したり。彼女には落ち着いて授業を受けていられない重大問題がおきているんです。おばあさんはそれを知らないので、菜々緒さんの頼みをきいて、かばっている。そうじゃないでしょうか」

「自分の母のことを悪くいうのはヘンですけど、あの人は平然と嘘をつくことのできる変わり者なんです。……実の子のわたしより、孫の菜々緒が可愛くて、可愛くて、菜々緒のいうことならなんでも……」

千穂はまた口調を変えて、「茶屋先生、お願いです」と歯をくいしばるようないいかたをした。今宮家をそっとのぞいてくれないかといった。菜々緒がかくまわれているかどうかをたしかめてくれというのだ。

「今宮さんのお宅は、何人家族ですか」

「いまは両親だけです。一時、出もどり娘がいました。わたしの妹ですけど、母と喧嘩《けんか》をして、出ていきました」

その人は富永《とみなが》ふさ絵《え》といって三十七歳。結婚して甲府市内に住んでいたが、夫の素行不良に嫌気がさして、離婚覚悟で実家へもどっていた。彼女は母の冬美に似て気が強い。母に小言をいわれると口答えをする。三日に一度は母といい合いをしていたらしい。

「そうです。もしかしたら、菜々緒はふさ絵のところへいっているかも。あの娘《こ》はふさ絵が好きなんです。小さいときから、ふさ絵に連れられて何度も旅行をしていました」

茶屋は、富永ふさ絵の現住所も千穂にきいた。

そこは釜無川沿いの市川大門だった。

「話は変わりますが、あなたのお父さんはなにかご商売をなさっていたんですか」

父親の名は十郎《じゆうろう》というらしい。

「父は、ブッシです」

「えっ……」

「仏像彫刻家なんです。自宅で仕事をしています」

茶屋はこれまでに仏師《ぶつし》に会ったことはなかった。

2

千穂の実家である今宮家はすぐに分かった。白い壁の土蔵のような格好の母屋《おもや》の隣に木造平屋の作業場らしい建物がある。そこへ近づくと固い物でも叩いているような乾いた小さな音がした。両開きのドアはぴしゃりと閉じていた。屋内での音がやんだところで、茶屋はドアをノックした。

「どうぞ」

野太い声が返ってきた。

茶屋はドアを押した。木造の厚いドアは音もなく開いた。少しの力で開くような仕掛けがなされているらしい。

白い髪を短く刈った細面《ほそおもて》の男が、メガネを掛けて鑿《のみ》と金槌《かなづち》を持っていた。ケヤキと思われる木目《もくめ》が浮いている角材の一部を削《そ》ぎ落としていたらしい。

厚い板の棚には高さ五〇センチほどの毘沙門天《びしやもんてん》

が、片手に宝塔《ほうとう》を捧《ささ》げ、片手に宝棒《ほうぼう》を持って立っていた。その奥には薬師如来《やくしにょらい》が薬壺《やっこ》を持ってすわっていた。毘沙門天のほうはかなり年数を経ているらしく、黒ずんでいる。茶屋は自分の名前を名乗る前に、二体の仏像に向かって手を合わせた。

「富士市の釜石千穂さんから、こちらのことをうかがってまいりました」

茶屋は木片が散らばっている板の間に正座した。

「よく見ると、いい顔立ちをしておいでですが、なにをなさっている方ですか」

十郎は道具を脇に置くとメガネをはずした。

「あちらこちらへ旅をして、新聞や雑誌に紀行文を書いております」

茶屋は名刺を渡した。

「茶屋次郎さん。憶《おぼ》えやすいお名前ですな。ご本名ですか」

「本名です」

「文禄《ぶんろく》から寛永《かんえい》の江戸前期に、紀州徳川《きしゅうとくがわ》家の呉服師をつとめた人の名が、茶屋小四郎《こしろう》でした。江戸時代には茶屋四郎次郎《しろうじろう》という京都の豪商もおったそうです」

「私は、京都の茶屋家の末裔《まつえい》だと、親からきいたことがあります」

「そういう茶屋さんが、私になんの用事で……」

十郎は、あらためて茶屋の顔を見直した。

「お孫さんの、釜石菜々緒さんが、こちらへきておられるのではと思いましたので」

「菜々緒が……。菜々緒は学生です。平日のこんな時間にくるはずはありません。どうして菜々緒の行き先を」

「何日か前から、菜々緒さんの行動がおかしいのです。私は千穂さんから、菜々緒さんの行動について、相談を受けていました」

「何日か前から、行動がおかしいとは……」

十郎は瞳を動かした。菜々緒の行動については千穂の口から冬美に伝わっているはずである。冬美は菜々緒の奇行を十郎には話していないらしい。

十郎は床に手をついて立ち上がると、ズボンに付いた木屑《きくず》と埃《ほこり》を手で払った。その埃は茶屋のあたまにふりかかった。なにもいわず、作業場の奥のドアを開けて出ていった。たぶん母屋へいったのだろう。妻の冬美に、最近の菜々緒の奇行を知っているかとでもきくつもりなのだろう。

彼は十五、六分して作業場へもどってきた。怒っているように眉《まゆ》が吊り上がっている。

「菜々緒はさっき、ちょこっと寄ったようです」

「ちょっと寄った……。きょうの彼女は、登校しましたが、気分がよくないといって早退したそうです。自宅へ帰ってこないので、ひょっとしたら、おばあちゃんを訪ねて、こちらへと千穂さんは推測されたんです。その推測はあたっていたが、ちょっと寄っただけというのはおかしい。おばあさんが家へ帰るようにと追い返したんでしょうか」

「そうだと思います。が、茶屋さんは、千穂とは知り合いだったんですか」

「喜八郎さんとも知り合いです。ゆうべも喜八郎さんと食事をしました」

「菜々緒はむずかしい年頃です。ちょっと変わった行動をした。それを大袈裟《おおげさ》に受け取った千穂が、騒ぎ立てたんじゃないでしょうか。あの子は心配性なんです」

茶屋は同感だというふうにうなずいてから話題を変えた。毎日、独りで仏像を彫っているのかときいた。

「ここ三年ばかりは独りです」

「その前は、何人かで……」

「美大を出た者が、仏師になりたいといってきて、住み込みましたけど、私の教え方が厳しすぎるのか、半年も経たないうちに辞めていきました。同じような男が三人入りましたけど、いずれも長つづきしませんでした」

「今宮さんは、どちらで修業なさったのですか」

「京都です。……私は丹後《たんご》半島の宮津《みやづ》の生まれです。六人兄妹の三番目。父は漁師でした。中学を卒《お》えると、京都の桶《おけ》屋へあずけられました。最初の一年間は洗濯と風呂の掃除がおもな仕事でした。職人や見習いが何人もいて、酒や醤油や味噌の樽《たる》もつくっていました。休みの日は、先輩たちが有名なお寺を見学に連れていってくれて。どのお寺にもきれいな庭があって。白砂の上に黒い岩が据わっていたり、細い川と池をつないでいるお寺もありましたよ。勤めはじめて三、四年経ったころから、お寺の仏像に関心を持つようになりました。作業場で木っ端《こぱ》を拾ってきて、鑿で人の顔を彫ったり、蛙《かえる》をつくったりしているうち、社長が私のこしらえたものを見て、『おまえ、仏像をつくる人になれるんじゃないか』といったんです。私が、仏像に関心を持っていることを打ち明けると、美術学校へいくことをすすめてくれました。しかし私は学校が好きでなかったので、首を横に振ると、社長は『仏師を紹介する』といって、仏像の彫刻家のところへ連れていってくれたんです。その工房には、美術大学を卒業して仏師の修業をしている人が何人もいました。その工房の師匠は、私が持っていった木の蛙を見て、『うちで勉強してみないか』といってくれて。それで私はその工房へ住み込みで入りました。美術大学を出て、仏像彫りの修業をしている人の正面や横で、鑿の使い方などを習いました。最初は人形の顔でした。笑ったり怒ったりしている表情を、鑿で表現していました。顔よりも難《むつか》しいのは手のかたちと指でした……」

十郎は修業時代を思い出してか、腕を組むと目を瞑った。菜々緒の行き先などにはまったく関心がないように見えた。

茶屋は母屋へ移って祖母である冬美に会った。髪には白い筋が目立っている。

「早速ですが」

茶屋はいって、菜々緒がきたというが、帰宅したのだろうかときいた。

「気分が悪くなったので、学校を早退したといってました。それで早退したのになぜ家へ帰らないのかと、わたしは叱《しか》りました。ここには十分ばかりいて、お煎餅《せんべい》をひとつ食べただけで帰りました。もう家に着いていると思いますが」

「自宅へ帰ってこない。それで千穂さんは心配になって……」

「あの子は心配性なので、ちょっとしたことでも騒ぎ立てるんです。まちがいなく家へ帰るので心配しないでって、いってやってください」

冬美は茶屋を追い返すようないいかたをした。

彼は車にもどると、今宮十郎と冬美に会ったことを電話で千穂に伝えた。

「父は変わり者でしたでしょ」

「いいえ。美術大学を出た人たちにまじって、修業なさったのを話してくれました。それから、三年ぐらい前までは仏像彫りを見習いにきていた人がいたが、それ以降は独りで仕事をなさっていると」

「そうなんです。人を育てるようなことのできる人ではありません。仕事を教えるのでなくて、文句ばかりいっているので、人に好かれないんです。仏師としては腕がいいほうといわれていますけど」

十郎は毎月、甲府市の甲斐善光寺《かいぜんこうじ》に参詣《さんけい》しているといい足した。

茶屋は、市川大門に住んでいるという千穂の妹の富永ふさ絵を訪ねてみるといって電話番号を念のためきいた。

みのぶ道は増穂《ますほ》で東へ逸《そ》れていた。川の名が釜無川に変わった。中洲が陽光をはね返していた。

富永ふさ絵の住所はすぐに分かった。小ぢんまりとした平屋の貸家で、同じ造りの家が五軒並んでいた。外はまだ明るいのにふさ絵の家の窓には灯りが映っていた。

コーヒーのような色の玄関ドアへ声を掛けると、「どなたですか」と、女性の声が返ってきてすぐにドアが開いた。わりに背が高く、髪を茶色に染めた女性が、警戒するような顔で、茶屋の全身に目を走らせた。

茶屋が名乗った。

「茶屋次郎さん。……どこかできいたことがあるようなお名前」

そういった彼女は、目のあたりが千穂に似ていた。

「私は、新聞や週刊誌にものを書いていますので、名前がどこかでお目に触れたのだと思います」

「思い出しました。甲府の美容院で見ていた週刊誌に、大井川で殺人事件が起きたという物語」

彼女は、あらためて茶屋の全身を見直し、

「たしか、旅行作家というお仕事でしたね」

といって、にらみつけるような表情をした。旅行作家がなんの用事かと、その目はきいていた。千穂よりも気が強そうだし、三十七歳ときいていた実年齢より少し若く見える。

「釜石菜々緒さんの行方をさがしています」

「菜々緒の……。彼女がどうかしたんですか。それに、茶屋さんが、どうして」

彼女はドアをおさえて首をかしげた。

「私は、釜石さんご夫婦と親しくしています。……菜々緒さんは最近、ある事件に……」

彼がそこまでいうと、ふさ絵は、なかへ入ってくださいといって、スリッパをそろえた。

キッチンのテーブルを椅子が四つ囲んでいた。隣室には木製のテーブルとミシンが据えられている。

「お仕事中だったんですね」

茶屋は、ミシンと鮮やかな緑色の布を見ていった。

「歌手の平岡麻里《ひらおかまり》をご存じですか」

「何度も、テレビで観ています」

「彼女の背後で踊る、五人のダンサーの衣装を縫《ぬ》っているんです。五人は少しずつサイズが違いますし、注文がうるさいので、それに応えているんです」

「そのお仕事は以前から……」

「三年ちょっとになります」

「以前は甲府にお住まいだったようですが」

「甲府で知り合いに紹介されて、舞台衣装を手がけるようになりました」

ふさ絵は白いカップで紅茶を出した。

「わたしのことは、姉からおききになったんですね」

茶屋は小さくうなずいた。

菜々緒は、ここを知っているかと茶屋はきいた。

「知っています。きたことがありますので」

彼女はそういってから、菜々緒が関係したのはどんな事件かと、瞳を光らせてきいた。

茶屋は、紅茶を一口飲むと、富士宮市の新富伸行という人が、バイクで会社からの帰宅途中に遭《あ》った事件だといって話した。

「菜々緒が、夕方に、橋の上から、ドンブリを……」

彼女はそういうと、寒気《さむけ》を覚えてか両手で胸を囲んだ。

「菜々緒さんには、狙っていた人がいたようなんです。その人は、平日のその時間帯、会社からの帰途ということなのか、高速道をバイクで通っていた。そのことを彼女はもともと知っていたので、橋の上で待っていた。そして、家から持っていった物を、走ってきたバイク目がけて落下させたんです。落とした物はバイクにあたり、運転していた新富という人は、運転をあやまって側壁に衝突して、大怪我をしました」

「なんということを」

ふさ絵は身震いし、そんな大それたことを、といって胸に手をやった。

その翌日である。菜々緒は学校を欠席して、習字の先生の稲垣忍という女性の自宅へいった、彼女は忍先生が好きだったのだ。

忍先生宅でテレビを観ていた菜々緒は、突然悲鳴を上げた。その理由はすぐに分かった。前夜の彼女は、ある男に交通事故を起こさせ、怪我を負わせるか、あるいは死亡させるつもりで、橋の上からドンブリに石を入れて落下させたが、その落下物にあたって大怪我を負ったのは、彼女が狙っていた人ではなかった。テレビニュースは、怪我人の氏名を報じたのでそれが分かった。彼女は無関係な人に大怪我を負わせてしまったのを知り、頭を抱えたのだと茶屋は話した。

「菜々緒は、だれを狙っていたのでしょうか」

ふさ絵は唇を震わせた。

「一か月あまり前の夜、富士市の入江照正という青年が、友人宅で将棋を指《さ》しての帰りに、バイクに衝突されて亡くなりました。その入江さんは、菜々緒さんと親しい間柄だったということです」

「親しい間柄といいますと……」

「恋人のような関係だと思います」

ふさ絵は手を組み合わせると顎《あご》にあてた。なにかを考えているのか、思いをめぐらせているのか、瞳を動かし、しばらく黙っていたが、背筋を伸ばすと茶屋に顔を向けた。

「わたしも、人に褒《ほ》められるようなことをしていない人間ですけど、菜々緒にも……」

そういって口を閉じたが、

「世間に知られたくないことがあります。菜々緒の身に重大なことが起こっているようですので、お話しします」

といって、表情を変えた。

茶屋は、話してください、というふうに顎を動かした。

「菜々緒は……」

ふさ絵はいいかけてから口を閉じた。どう話そうかと迷っているようにも見えた。

3

「実は菜々緒は、高校三年生を繰り返しているんです」

ふさ絵は思いがけないことをいった。そんな話は千穂からはきいていなかった。

茶屋は、その理由を詳しくきくことにした。

「あの子は、中学でも高校でも学業成績は上位だったんですが、高校三年生のとき、つまずきました」

「つまずいた、とは」

「ある日、同級生の女の子から、『あんた少し太ったわね』といわれたそうです。同級生にそういわれた日、菜々緒は早退して帰ってくると、部屋に閉じこもっていました。夕ご飯になっても部屋から出てこないので、姉が部屋へ見にいったんです。菜々緒はベッドで布団をかぶっていました。体調がよくないのかときいているうち、姉には気付いたことがあって、『あんた、大変なことを、隠しているんじゃないの』ときいたんです」

「大変なこととは」

「恥ずかしいことですが、妊娠です。それを姉がきくと、菜々緒はうなずいたそうです」

千穂としては、ただの知人である茶屋に話したくないことだろう。

菜々緒はその次の日から学校へいかなくなったという。

千穂は、沼津市の病院へ菜々緒を連れていった。果たして妊娠は明白になった。当然のことだが千穂は夫の喜八郎に相談した。夫婦は菜々緒を目の前へ呼んで、どう処理するかを話し合った。

菜々緒は登校せず、部屋にこもっていたが、何日か後、両親の前へ頭を下げて、「わたし産みます」といった。千穂は、高校在学中の十七歳で子どもを産んだら、どんなことが起こるのかを、くどくどと話したが、菜々緒は決意を変えなかった。

当然だが子どもの父親をきいた。が、菜々緒は口を閉じたままだった。

数日後、

「こうしよう」

と、喜八郎がいい出した。親しい人が函館で牧場を経営している。その人に菜々緒をあずけることにしようといった。千穂は、「あずかってもらえるかしら」と心配顔をした。

函館の牧場主は坂寄鉄造《さかよりてつぞう》といって五十二歳。乳牛を二百頭飼育している。妻と娘が二人いて、娘は二人とも結婚し、二人の夫たちも牧場の仕事に従事している。

「早いほうがいい」

喜八郎はそういって、単身で坂寄を牧場に訪ね、話にのってもらった。

「分かった。娘をあずかるし、病院にも連れていく。男か女か分からんが、子が生まれたら夫婦で見にくるといい」

坂寄はそういって引き受けてくれた。

翌朝、喜八郎は搾乳《さくにゅう》作業を見学して帰ってきた。

菜々緒は数日後、千穂に付き添われて羽田《はねだ》空港から函館へ飛んだ。坂寄家に着くと、牛の世話をしている人たちに挨拶《あいさつ》した。

千穂は坂寄家に一晩泊まり、次の朝、

「来月もくるから」

と、作業衣を着た菜々緒にいい、目をうるませた。

一か月後、千穂は次女の美歌子を連れて坂寄牧場を訪ねた。菜々緒の腹まわりは太くなっていた。

「わたしは、牛たちから観察されているの」

菜々緒は汚れた作業衣姿でいった。

彼女は、雪が真横に降る日、病院で男の子を産んだ。坂寄牧場の人たちは、代わるがわる菜々緒と赤ん坊を見に病院へやってきた。

「わたしも一度、菜々緒を見舞いにいきました。赤ん坊を見ましたけど、だれに似ているのか分かりませんでした。……姉にききましたけど、喜八郎さんは、『赤ん坊なんか見たくない』っていって、函館へはいかなかったそうです」

ふさ絵がいった。

「菜々緒さんは、赤ちゃんを抱いて実家へ帰ってきたんですか」

茶屋がきいた。

「いいえ。一年経って、子どもを坂寄さんにあずけて、年に三回か四回は子どもに会いにくることを約束して、帰ってきました」

そして四月、三年生に復学したのだという。

「では、今年は何度か函館へいっているんですね」

「夏休みには、半月ぐらい函館へいっていたということです」

ふさ絵はそういってから、瞳をくるりと回転させて、

「菜々緒は以前から絵を描いていましたけど、函館にいるあいだにも、絵を描いていました。わたしはその絵を見ました……」

彼女は眉間《みけん》を寄せて首を横に振った。不快な表情である。

「どんな絵ですか」

「気味が悪い。思い出しても、寒気がするような……」

ふさ絵はそういうと両腕をこすって、首を横に振った。

「森林に囲まれた湖の岸辺に、小舟がつながれているきれいな絵もありましたけど、べつの一点は、派手な和服の長い髪の女性が背中をまるくして、人間のあばら骨らしいものをしゃぶっているんです。その女性の後ろには仔猫がくっつくようにすわっています。……高校一年のときでしたか、気味の悪い絵を自宅で描いて、姉を震え上がらせたことがあります」

自宅で描いたのはどんな絵だったかを茶屋は興味を持ってきいた。

「頰《ほお》がすぼんで、頰骨が出て、頤《おとがい》のあたりで皮膚がたるんでいる老女が、太くて長くてきれいな柄の、蛇《へび》の胴を両手でつかんで嚙《か》みついている……。ああ、気味が悪い」

ふさ絵はまた両腕をこすった。

「どうしてそういう絵を描くのかを、菜々緒さんにきいたことがありますか」

「あります。あの子は急に絵の構図が浮かんできて、描きたいという気持ちが突き上げてくるといっていました。姉に、蛇の絵のことを話しましたら、『わたしが食べさせているものがいけないのかしら』って、見当《けんとう》はずれのことをいっていました」

「千穂さんも、蛇の絵を見ているでしょうね」

「菜々緒がいないときにそっと見たそうです。二度と見たくないといっていました」

「菜々緒さんが函館で描いた絵も、千穂さんは見たでしょうか」

「見たんです。姉は菜々緒のことを、ますます過激になりそうといっていました」

「描いた絵をどうしているんでしょうか」

「自分の部屋の押入れにしまってあるのだと思います。茶屋さんは、菜々緒の絵をご覧になりたいのですか」

「見たい。顔立ちのととのった高校生の描いた風変わりな絵を、見せていただきたい」

「富士市の自宅でご覧になってください。函館にいるあいだに描いた絵も一緒にしまってあると思います。……初めてあの子が描いた絵を姉から見せられたとき、わたしは父の姿を思い出しました」

「お父さんの十郎さんは、仏師ですね」

「人からは変わり者だといわれていると思います。三日も四日も家族とも口を利《き》かないことがしばしばでした。食事のとき、黙ってご飯を食べて、食べ終えると仕事場へいって、毘沙門天と薬師如来をじっと見ているんです。思い立つと急に京都か奈良へ出掛けます。お寺へ仏像を見にいくのでしょうけど、どこでなにを見てきたのかを話すこともありません。母はそういう父に慣れていますので、どこへいってきたのかをきこうとはしません。結婚前は、会えば寺参りだったので、いまでは京都へもお寺へもいきたくないといっています。母は、五重の塔やお城が好きで、姉とわたしは、姫路《ひめじ》城や松本《まつもと》城や犬山《いぬやま》城へ連れていってもらいました」

ふさ絵は、「五稜郭《ごりようかく》」といいかけて、菜々緒は函館へいったのではないだろうかといった。

その可能性は考えられた。菜々緒は、産んだ男の子を坂寄家へあずけている。が、無性《むしよう》に子どもに会いたくなることがあるのではないか。小さい口に乳をふくませたくなったのか。あとさきを忘れて、子どもに会いにいったとしても、それは不思議なことではなかろう。

「電話で……」

茶屋はふさ絵に、確認してもらいたいといった。

「きていても、きていないといわれそうな気がします」

菜々緒が函館へいったのではないかということは、彼女の母の千穂も推測し、電話で問い合わせているような気がする。

「まちがいなく菜々緒は函館へいっています。身延町へ立ち寄ったのは、おばあちゃんからお金を借りたからだと思います」

その推測はあたっていそうだ。菜々緒は両親に函館へ子どもに会いにいってくるといえなかったのだ。いえば、函館行きは休みの日にと両親からきつくいわれているのではないか。しかし、きょうの菜々緒は、子どもに会いたくて、居ても立ってもいられなくなった。だから祖母に泣きついた。彼女はいまごろは函館行きの飛行機のなかではないか。

茶屋は富士市の釜石家へ寄った。すぐに千穂が出てきた。

「菜々緒さんから連絡は」

茶屋がきいた。

「ありません」

「函館へいったのではないでしょうか」

「なぜ、それを……。でも、そうだと思いまして、電話してみましたけど、あちらの奥さんに、菜々緒はきていないといわれました」

茶屋はうなずき、菜々緒はたぶん函館へ向かっている途中だろうと思うといった。

「そうですね。わたしたちが世間体を気にして、菜々緒と子どもを引きはなしているようなものですものね」

茶屋は、菜々緒が描いた絵を見たいのだといった。

「ふさ絵におききになったんですね」

千穂は眉間をせまくした。

「菜々緒さんは、特別な才能をお持ちになっているようです」

茶屋がいうと、千穂は、

「そうでしょうか。なんだか、グロテスクなものが好きなだけというような気がしますけど」

といって、座敷へ通した。千穂は茶屋の顔をひとにらみして、二階へ昇っていった。

4

千穂が二階の菜々緒の部屋の押入れから引き出してきた絵は、薄い紙に包まれていた。どうやら絵の作者である菜々緒が大切にしまっているもののようだ。

絵の大きさは、縦横四〇センチほどである。茶屋が包装紙を丁寧にはがした。水彩画だ。

鮮やかな格子柄の太くて長い蛇だ。縞《しま》柄は金色と黒。その蛇を、痩《や》せた老女が両手で胴をつかんで、ふてぶてしく太った腹に茶色の歯で噛みついている。老女の片方の瞳は金色に輝き、蛇よりも獰猛《どうもう》に見える。蛇の目は火のように赤く、舌の先も真っ赤である。逃げようとしているのだろうが、助けを求めているようにも見える。

「巧《うま》い」

茶屋は思わず叫んだ。が、千穂は彼を恨むような目をした。

「無表情のはずの蛇に、表情があります」

千穂は、「そうですか」というふうに横を向いた。

茶屋は蛇の絵を薄紙に包むと、同じぐらいの大きさの絵を包んでいる薄紙をはがした。

赤と緑の縞の派手な着物を着た長い黒髪の女が、背をまるくしている。その女は、人間のあばら骨としか見えない白い骨に、舌先をのばして口をつけている。女の尻はまるい。その尻に白と黒のぶちの仔猫が顔を寄せている。

「巧いですね」

茶屋はわずかに寒気を覚えながら、横を向いている千穂にいった。

「気味が悪くないですか」

「気味が悪いけど、絵は巧いです」

「十六か十七の子が、こんな絵を描いているなんて。わたしは、心を病《や》んでいるんじゃないかって、心配しているんです」

「菜々緒さんは、絵を習ったことがありますか」

「習字を習っていましたけど、絵は……」

習っていないと千穂はいって首を振った。

こういう絵を描くのにはなにかヒントがあるような気がしたので、画集のようなものを持っているのかときくと、千穂は首をかしげ、『世界の名画』という分厚い本をときどき開いていたと答えた。その本は喜八郎が買ったもので、彼の部屋の書棚に挿してあるという。

「釜石さんには、絵をご覧になるという趣味があるんですね」

「絵を観るのが好きで、甲府の県立美術館へは何回かいっているようです。……そうそう、思い出しました。主人が一度、菜々緒を県立美術館へ連れていったことがありました。たしかあの子が中学のときだったと思います。帰ってきた菜々緒に、『どうだった』ってわたしがききましたら、『気味の悪い絵がたくさんあった』といいました。あの子には、神話などでの処刑の場面の絵が刺激になったのだと思います」

「菜々緒さんが絵を描くのは、お父さんの影響かもしれませんね」

「そうかもしれませんけど、気味の悪い絵を描くようになるなんて」

「菜々緒さんが気味の悪い絵を描いたことを、身延町のお父さんの十郎さんに話したことがありますか」

「あります」

「十郎さんの感想は……」

「ふうんっていっただけで、その絵を観たいとはいいませんでした」

「一度、観ていただいたらどうでしょうか」


茶屋がいうと、また千穂は彼を恨むような表情をした。彼女は娘の描く絵を人に褒められたくないのではないか。

茶屋は渋谷《しぶや》の事務所へもどった。深夜に近い時間になっていた。

デスクに黒のマジックで書いたメモがあった。ハルマキの字だ。「おにぎりをつくっておきましたので、よろしかったら」茶屋は急に空腹を覚え、炊事場をのぞいた。テーブルの上の皿が真っ白い布巾《ふきん》をかぶっていた。

一つを割った。具は梅干しだった。お茶を飲みながら二つ目を食べた。芯は佃煮《つくだに》のコンブ。もう一つの具はきゅうりの味噌漬けで、全部平《たい》らげた。

富士川を見て思い付いたことをメモした。富士川の河口部は駿河湾に流れ込むが、その河口幅は日本一広いことと、舟運のころ、最大の難所とされていたのが、静岡県旧芝川町《しばかわまち》の釜口峡《かまぐちきょう》で、断崖《だんがい》のあいだを蛇行《だこう》する。これを昔の人は、釜の湯が煮えたぎるような渦を巻くといったそうだと書いた。

山梨県身延町で仏像を彫りつづけている人について書こうとしたところで、ペンを取り落としそうになった。眠気がさしてきたのだった。

タクシーで帰宅した。風呂に入って、缶ビールを一本飲んで、眠った。


翌朝八時すぎに目を開けた。約六時間、死んだように眠っていた。三十分ばかりベッドの上で寝返りを打っていたが、書いておかなくてはならないことが山ほどある、と自分にいいきかせてベッドを抜け出した。

いつものように厚切りのトーストを二枚、目玉焼き、牛乳で朝食をすませた。

茶屋の事務所は、渋谷駅を出て徒歩約五分の道玄《どうげん》坂《ざか》のビルの二階。一階がカフェで、客がよく入っている店だ。

けさの茶屋は、午前十時十分に事務所に着いた。ドアを開けるといつもサヨコとハルマキが、「お早うございます」と声をそろえるのだが、けさは、黒い影が音を立てるように立ち上がった。サヨコとハルマキは、怯《おび》えるような顔をして衝立《ついたて》の陰に隠れている。茶屋はドアを閉めて立ちつくした。黒っぽい服装の男が四人、応接用の椅子から立ち上がったのだった。茶屋が出てくるのを待っていたらしい。

四十代半《なか》ばに見える丸い腹をした男が一歩前へ出ると、

「静岡県警の者です」

といって、一斉に身分証を見せた。

「茶屋次郎です」

彼は、自分を落ち着かせるようにいった。

丸い腹をした男は牛尾《うしお》といって静岡県警本部刑事部所属だと名乗った。県警本部員がもう一人いて、ほかの二人は富士警察署員だった。

「四人も押しかけて、いったいなにがあったんですか」

茶屋は四人を腰掛けさせ、ハルマキにお茶を出すようにいいつけた。

「十月十八日の午後五時三十分ごろ、富士市の新東名高速道の脇に車をとめていましたね」

牛尾は茶屋の顔に目を据えた。ほかの三人も茶屋の顔をにらんでいる。

「たしかに」

茶屋はうなずいた。

「後部座席に乗っている人がいたが、それはどなたでしたか」

「衆殿社という出版社が出している女性向け週刊誌の編集長です」

「名前を教えてください」

四人の警察官はノートにメモを構えた。

「牧村博也、たしか四十一歳です」

「夕方、高速道路をまたぐ橋の袂《たもと》に車をとめていた。なにをしていたんですか」

低いが腹に響く浪曲師《ろうきよくし》のような声だ。

「私たちは、たしかに、高速道路のすぐ近くに車をとめていたが、どうしてそれが分かったんですか」

「自転車で通りかかった人がいたんです。その人は自転車を降りて、車のなかをのぞいた。すると男性が二人乗っていて、窓越しにどこかを見ていたので、怪しいと感じた。それで自転車の人は、車のナンバーを覚えていた」

そういう人がいたことにあの日の茶屋は気付かなかった。橋の上で高速道路を見下ろしていた菜々緒に注目していたからだ。

「お二人は、窓に額《ひたい》を押しつけるようにして、橋のほうを見ていたようですが、なにを見ていたんですか」

「橋の上に立っている人を、なんとなく見ていました。ふと、その人は橋の上から真下の高速道路へ飛び降りるんじゃないかという想像が、頭をよぎったからだったと思います」

「あの日の夕方、新東名高速道では重大事故が発生した。富士宮市の新富伸行という四十二歳の男性が、沼津市の勤務先からバイクを運転しての帰途、渡線橋からの落下物、いや、故意に落下させたと思われる物を車体に受け、そのはずみで運転をあやまって、道路の側壁に衝突して大怪我を負いました。……茶屋さんと牧村さんは、渡線橋上に立っていた人を見ていたというが、その人が道路に物を落としたのではないか。その瞬間を、茶屋さんたちは目撃したのではありませんか」

「いいえ、見ていません。私たちは、たしかに橋の上にいる人を見ていましたが、それは二、三分のあいだです」

警察には自分の見たものを話さないことにした。

「二、三分のあいだでも、それは男か女か、年齢の見当と、どんな服装の人だったかを憶えていませんか」

「憶えていません。なにしろ暗がりですので」

「発生した事故、いや事件かも。それを茶屋さんはどこで知ったんですか。……あなたたちは次の朝、事件現場を見にいっている」

痛いところを衝《つ》かれた。十九日の朝、事件現場の近くで会った日刊富士の記者が、警官に話したのだろう。

「私たちは、暗がりの橋の上に立っていた人を二分か三分のあいだ見て、車を走らせた。すると、高速道路のほうから、ものが衝突したような音がきこえてきた。それで、交通事故かと思いました。そのことを次の朝思い出したので、その現場を見にいったんです」

「高架橋から降ってきた物は、ドンブリと丸い石でした。茶屋さんたちが見たという人が故意に落とした可能性がある。……橋の上からドンブリと石を落下させた人と、その行為をあなたたちが知っていたとしたら、犯人隠匿《いんとく》の罪になりますよ」

牛尾は細くした目を光らせた。

ハルマキが来客用の上等のお茶を出したが、四人はそれに手を付けず、力足を踏むような靴音を残して茶屋事務所を出ていった。サヨコは塩をつかんで、ドアに振り掛けた。

茶屋は牧村に電話して、静岡県警の警察官が四人もきて、十八日の夕方のことをきかれたといった。

「四人も。茶屋先生を引っ張っていくつもりだったんでしょうか」

「引っ張るとしたら、私だけではないと思うが」

「そうですね。私も事情ぐらいはきかれるでしょうね」

釜石菜々緒とその家族を知っていることは、絶対に喋《しゃべ》らないでくれと牧村に念を押した。

菜々緒がなぜあんなことをしたのか、その理由がわかってからでも遅くないと思った。

「しかし……」

牧村は首をかしげているらしい。

「高速道路に散ったドンブリの破片を、警察は拾い集めたでしょうね」

「当然だ」

そのドンブリは富士市内のラーメン店の物らしい。なぜ、店の器が釜石家にあったのか。

5

新富伸行という人が大怪我をした高速道路上に散っていたドンブリは、富士駅近くの幸来軒《こうらいけん》の物だった。警察は道路に四散していた破片を拾い集めて、店の名をつかんだ。その店は三年前に改装して再オープンした。そのさい、常連客に三十個、ドンブリを配った。ドンブリを配った先を調べたが、すべての行方をつかむことはできなかったらしい。

茶屋は釜石千穂に電話して、警察官がなにかをききにきたかを尋ねた。

「いいえ、きていません。きていませんけど、警察は菜々緒のことをつかむでしょうか」

千穂は密《ひそ》やかな声できいた。

「ドンブリのことをききにくるかもしれない。店からドンブリをもらったかときかれても、もらった憶えはないと答えることですね」

茶屋はそういったが、胸がチクチク痛んだ。交通事故、いや事件を目撃したも同然だからだ。息を潜めている加害者を知っているからだ。

その加害者である菜々緒はどこでどうしているのか。

「先生と牧村さんは、いずれは警察に捕まりますよ」

サヨコがパソコンの前からいった。

茶屋は彼女をにらみつけた。が、近いうちにまた警察官が押しかけてきそうな気がした。

ハルマキがコーヒーのカップを茶屋のデスクへ置いたところへ、千穂が電話をよこした。

「菜々緒はやっぱり函館へいっていました。たったいま、坂寄牧場の奥さんから電話があって、ゆうべ、なんの連絡もなくあらわれたので、びっくりしたといっていました。……部屋へ入ってくるなり秀一《しゅういち》を抱き上げて……」

千穂は咽《む》せた。菜々緒が赤ん坊を抱き上げて頬ずりしている姿を想像したのだろう。

「幾日、函館にいられるのか、今後どうするのかなどをまだ話していないと、向こうはいっていました。何日も函館にいるようなら、わたしはいってくるつもりです」

彼女は不安げな声でいって電話を切った。

茶屋は、千穂からの電話の内容をサヨコとハルマキに話した。

「わたしなら、もう子どもをはなさない。函館でも富士でも、子どもと一緒に暮らすことにする」

なにかいおうとしたサヨコを遮《さえぎ》ってハルマキがいった。

「十七歳や十八歳の女がどうやって暮らしていくのよ。子どもをどうするの。どこかにあずけて、働くっていうの。菜々緒っていう娘は、生活費の心配をしたことがないと思う。親がいるので、なんとかなるって思っているのね。お母さんも甘くて、子どもを育てていく苦労を、話してやったことがないんじゃないかしら」

サヨコは急に大人《おとな》びたいいかたをした。

「それに……」

サヨコはハルマキを憎むような目つきになった。

「菜々緒っていう人は、重大な事件を起こしているのよ。殺人未遂だよ。それがバレなくても、一生十字架を背負っていかなくちゃならない。彼女の犯行をかばっている人たちも」

そういったサヨコは、今度は茶屋をにらみつけた。

茶屋は椅子を回転させて窓を向いた。砂のような色のビルのあいだを鳩《はと》の群れが飛んでいた。

デスクの電話が鳴った。また千穂からだった。

「菜々緒の部屋の押入れのなかを、初めて見たんです」

興奮気味の口調だ。

「なにかを見つけたんですね」

茶屋は彼女を落ち着かせるようにいった。

「菜々緒には、隠していた本が、何冊も……」

「どんな本でしたか」

隠していた、といったので、それを茶屋は見たくなった。

「浮世絵の春画《しゅんが》です。わたしは初めて見ました。きれいですけど」

葛飾北斎《かつしかほくさい》も春画をたくさん描いている。

「それから……」

千穂は、生唾を飲んだらしい。

「少女が両手で、蛇の首を絞めている絵。それから男の子が、蛙の尻に麦藁《むぎわら》を差し込んで、口で吹いている絵。黒っぽくて鋭い目の鳥が、少女のピンクの乳首をついばもうと構えている絵が載っている画集です。……わたしはまだ全部を見ていません。なかには気絶するような絵もあるんじゃないでしょうか」

内容からすると、彼女はその画集のことを夫の喜八郎には話していないのではないか。

「菜々緒さんは、その画集などを参考にして絵を描いていたのでしょうが、才能があることはたしかです。画家の道にすすむように仕向けてあげたらどうでしょうか」

「主人は反対するでしょう」

「なぜですか」

「主人はあの子を、建築設計の仕事に就かせようと考えていたんです。大学へ進ませて、卒業後は、知り合いの建築設計事務所へ勤めさせるって、いったことがありました」

しかし、父親の思った通りにことはすすまなそうだ。彼女には、死んでほしい人間がいる。その人間だと思い込んで、無関係の男性に重傷を負わせてしまった。


重傷を負った新富伸行という人は、元のからだにもどれるだろうか。全快して、生活に問題がなくなったとしたら、高架橋からドンブリに石を入れて高速道へ落下させたふとどき者をさがすだろうか。

警察は、新富が何者かに生命を狙われていたと判断して、捜査をすすめているだろう。被害者である新富は丸裸にされたも同然だ。

人ちがいで見知らぬ新富に重傷を負わせる結果になった菜々緒は、いまも標的に危害を加える方法を考えているのだろうか。函館へいって、子どもに乳をふくませながら、どういう方法で復讐するかを練っているのかもしれない。

茶屋は、菜々緒が押入れにしまっていたという画集を早く見たかったが、きょうはデスクにしがみついて、週刊誌への原稿を書いた。夕方、空腹を感じてペンを置いた。サヨコとハルマキはとうに帰宅した。いや、二人は帰宅したとはかぎらない。月に一度は事務所近くの居酒屋でビールを飲みながら食事をして、そのあと、道玄坂の「リスボン」か「コーバン」というスナックへいく。茶屋が事務所にいるときを狙ってどちらかの店へいき、酔ったところで事務所へ電話する。茶屋を呼び出すのだ。

サヨコは酔っても目と頭は冴えていて、気持ちよさそうに演歌をうたう。美人の彼女がうたうのだから、男客たちは口を半分開け、人によってはよだれを垂らして見とれている。ハルマキも歌をうたうが棒調子で、拍手をするのは店のマスターだけだ。

夜の八時。デスクの電話が鳴った。サヨコが掛けてよこしたにちがいない、と思ったので茶屋は受話器に手を出さなかった。七、八回ベルが鳴って切れた。と、すぐにケータイが着信を告げた。この時間に電話を掛けてよこすのは、サヨコかハルマキ以外には考えられない。だが、モニターを見ると牧村だった。

「先生は、いま、どちらですか」

「事務所だよ」

「八時をすぎたのに、なにをしているんです」

「仕事だよ。区切りがついたので、食事にいこうとしていたところ。あんたは歌舞伎町だろう」

「よく分かりましたね」

牧村は少し酔っている。

「いまごろ電話をよこすのはあんたぐらいしか」

「歌舞伎町へタクシーを飛ばしてきてください。すしを取り寄せておきますので」

「今夜は、いかないよ。食事をしてきてからも仕事だ」

電話はぷつりと切れた。

茶屋は、道玄坂交番の角を曲がったところのすし屋へ入った。

「へい、いらっしゃい。茶屋先生、しばらくです」

ねじり鉢巻きの大将が大声を出した。

茶屋はカウンターに肘《ひじ》をつくと、「コハダとアナゴ」といってから日本酒を冷やでもらった。

「おといでしたか、あい子が買ってきた週刊誌を開いたら、茶屋先生が連載している大井川が載っていました。大井川鐵道《てつどう》というのは、茶の産地を通って山奥までいっているんですね」

あい子というのは大将の長女で、女の子を三人産んだときいたことがある。

イカとエビを食べて、椅子を立った。

「先生はこのごろ木曽屋《きそや》へは」

「一か月ばかりいっていない。今夜はちょっとのぞいてみるかな」

木曽屋はすぐ近くのスナックだ。月に一、二度寄る薄暗い小さな店だ。そこだけはサヨコとハルマキには教えていない。その店の奥では長吉郎《ちょうきちろう》という七十代のマスターが、置き物のようにすわって、ブランデーを舐めていた。彼の膝にはトラ柄の猫がまるくなっていて、客の風采《ふうさい》をちらりと見てから、大あくびをして、からだを舐めはじめた。

カウンターのなかには織江《おりえ》という四十歳見当の細面で切れ長の目の女性がいて、客の相手をしている。長吉郎と織江は代々木《よよぎ》のマンションに一緒に住んでいるらしい。正式の夫婦ではなさそうだ。

茶屋が入っていくと、

「あら、おめずらしい」

織江はいってにこりとした。長吉郎は腰掛けたまちょこんと頭を下げた。

五十代ぐらいの男の客がいたが、茶屋を見てから料金を払って出ていった。

茶屋はいつものようにウイスキーの水割りだ。

「お仕事、お忙しいのですか」

織江が長い睫《まつげ》を動かした。

「ええ。静岡の方で、難事件に出合ったんです。それをこれから調べて、書くつもりです」

「難事件って、殺人でも起こったんですか」

「そう。バイクを衝突させられて、若い男が……」

「まあ」

彼女も薄い水割りをつくると、目の高さに持ち上げた。目尻に、線を横に引いたような皺《しわ》ができた。

二年ほど前だったか、茶屋は長吉郎からこの店を出すまでのいきさつをきいたことがある。

――大野《おおの》長吉郎は、長野県木曽郡南木曽町《なぎそまち》の生まれ。近くには妻籠宿《つまごじゅく》という中山道《なかせんどう》沿いの宿場跡があって、現在は古い宿場を見物にやってくる観光客でにぎわっているが、彼の家は桧《ひのき》の林に陽光を遮られて、暗くてじめついていた。土間にはみみずが這《は》っている日もあったという。

父は営林署に雇われて森林管理の仕事をしていた。長吉郎は中学を卒《お》えると、父にならってヒノキ林の下草刈りの仕事に就いていた。母はからだが丈夫でなく、家の前の畑で草むしりをしている間に倒れたことがあった。そのときは医師の往診を受けたが、それ以外に入院したこともないし、常備薬も服《の》んでいなかった。

長吉郎が十九歳の早春である。二、三日前から床をはなれなかった母の容態《ようだい》が夜になって急変した。車を持っている近所の人に頼んで母を医院へ連れていってもらった。ところがその夜、医師は外出していて不在だった。父と長吉郎は話し合って、母を診察室のベッドへ運んだ。深夜になっても医師は帰ってこなかった。

診察室の窓が白みはじめたころ、ベッドの母は小さい声で長吉郎を呼んだ。目を瞑ったまま、サツマ薯《いも》の種薯を保存してある場所から、植えかたから、育てかたまでを天井を向き目を瞑ったまま教えた。いい終えると、「長吉郎」と一声呼んで、息を引き取った。

長吉郎には七つちがいの美佐《みさ》という妹がいた。医院から自宅へ運んだ母の遺体に美佐は抱きついた。近所の主婦たちが集まって、葬儀の準備をしてくれたが、父は家の前の畑にしゃがみ込んでタバコを喫《す》っていた。

長吉郎は二十歳になった。雪の降る二月、五十一歳の父と十三歳の美佐を家に残して、家出した。独りではなく、大桑村《おおくわむら》の赤沢《あかざわ》という農家の次女で二十一歳の道子《みちこ》と一緒だった。朝、暗いうちに電車に乗った。駆け落ちである。辰野《たつの》で中央線に乗り替えて新宿に着いた。

二人には、なにかをやりたいとか、なにかになりたいという目標はなかった。ただ二人で一緒に暮らしていきたいというだけだった。

道子は、「父が箪笥《たんす》に隠していた」現金を持ってきていた。職安へいって働くところをさがすことにしたいが、まず住所を定めておくことだとして、不動産屋へいった。アパートには空室がいくつもあったが、道子は共同住宅に住んだことがないし、同じ建物内に他人と暮らすのは嫌だといって、古くてもいいから小さな一軒家をさがしたいといった。

三日間、さがしまわって豊島《とし》区の練馬《ねりま》区境近くに小さい平屋の一軒家を見つけた。高齢者が住んでいた家だと家主に教えられた。前に住んでいた人が使っていたという家具が残っていた。

その家を借りることにして寝具を買った。長吉郎には持ち金が少なかったので、支払いをする道子に対して肩身が狭かった。

住まいが決まると仕事さがしに職安へいった。長吉郎はどんな資格を持っているかをきかれたが、車の運転免許さえも取得していなかった。木曽にいるかぎりそれは必要がなかった。

「建築現場か、土木工事現場の作業員か、レストランのウエイターなら、あしたからでも」

といわれた。賃金がいいのは土木工事現場だったので、それを希望した。

集合場所は新宿区内の公園。次の日、そこへいくと作業衣姿の男が十五、六人集まっていた。その男たちと一緒にマイクロバスに乗せられて小一時間で工事現場に着いた。地上の電話線を地下に埋める作業で、道路の端をツルハシやスコップを使って掘る。道路の大部分は凍《こお》っていた。

その作業を一週間つづけると、腰が痛くて起床できなくなった。木曽での森林管理の仕事をしていて、腰痛になったことは一度もなかった。

道子は、豊島区内に内科医院を開業している上原《うえはら》という医師の自宅の家事手伝いの仕事に就いた。

朝六時に起き、朝食をすませて、八時半に池袋の医師宅へ出勤する。医師には妻と大学生の娘と息子と母親がいた。彼女の仕事は、掃除と庭の草花の手入れと、近くの貸し農園の作物の手入れだった。

「奥さんは、少し口やかましいけど、料理の作り方を教えてくれるので、楽しい」

と道子はいった。

長吉郎は土木作業をやめて、また職安へいった。今度はバーテンダー見習いの仕事に就くことにした。池袋のその店へ面接にいった。わりに広いカウンターバーで、バーテンが三人いた。棚には飴《あめ》のような色の酒のびんがずらりと並んでいた。長吉郎の最初の仕事は食器洗いだった。午後五時になると客が入りはじめる。営業時間は午前一時まで。その間、立ちっぱなしだった。その店でカクテルの作り方と料理を覚えた。ニンニクを効かせたエスカルゴを初めて食べた。

長吉郎がバーに勤めて半年がすぎた。

「いまの仕事、つづけられそうなの」

道子にそうきかれた日の夜中、物音をきいて目を覚ました。障子の向こうが真っ赤《まっか》になっていた。

「火事だ」

彼は道子を揺り起こした。二人ははだしで家から飛び出した。手にはなにひとつ持っていなかった。赤い火は天を焦がして音をたて、火の粉を飛ばした。そこへ消防車が駆けつけてきた。小さな家は放水によってあっという間に崩れ、白い煙を上げた。二人が抱き合って震えているうちに夜が明けた。

長吉郎と道子は、所轄《しょかつ》の警察署へ連れていかれた。

そこで、二人とも住民登録をしていなかったことがバレた。『家主がよく貸してくれたな』と警官にいわれ、本籍地や住民登録をしているところをきかれた。二人とも出身地は木曽だと答えると、『二人の住所を木曽の実家では知っていましたか』といわれた。

長吉郎は正直に、家出だったと答えた。

『二人とも、木曽には住んでいられないことでもしたんでしょ』事情をきく警官は目つきを変えた。

『二人がお付き合いしているだけなら、木曽に住んでいてもいいじゃないですか』ともいわれた
『そのとおりですが……』長吉郎はいいかけたが、理解してはもらえないだろうと思い、きかれたことにいちいち答えなかった。道子も別室で事情聴取を受けたが、一切答えなかったという。

『あなたたちは、だれかに恨まれていたんじゃないかな。恨んでいそうな人は、どこのだれなのか』

ときかれたが、首を横に振った。『放火した者は、あなたたちを焼き殺そうとしたことが考えられるんだ。そういう人に思いあたらないはずがない』

警官の声は大きくなった。


長吉郎と道子は、板橋《いたばし》区内の古いアパートの部屋を借りた。彼は、住んでいた家を焼かれたことをバーのマスターに話した。

『家を焼かれたなんて、ただごとじゃない』

マスターはいったが、見舞金だといって、少し厚い封筒をくれた。

道子も、医師の夫人に火災に遭ったことを話すと、『怪我をしなくてよかった』といって、札の入った白い封筒をもらった。

警察は、長吉郎と道子に家を貸していた家主に恨みを抱いていた者の犯行ではという見方をしていたようだったが、火災から二か月が経ったころ、二人の刑事が長吉郎に会いにきた。

『木曽の大桑村の上林《かんばやし》 修《おさむ》という男を知っているか』

『話したことはないけど、何度か見たことがあります』

『あんたと赤沢道子さんが住んでいた家に、火をつ

けたのは、上林修だったことが判明した。あんたと道子さんは手をつないで、木曽から夜逃げをしたことが分かったので、それを恨んでいた者がいるんじゃないかと、木曽の警察と協力して調べていた。その結果、道子さんを好きで、いい寄っていた上林が捜査線上に浮上してきた。あんたたちが家出してから、上林は数回、遠出していたことがわかった。あんたと道子さんの行方をさがしにいっていたんだ。……あんたも道子さんも、働くところをさがすために職安を利用しただろうということに、上林は気付いて、職員にうまいことをいって、二人の住所をきき出したんだ。……あんたと道子さんは火事に気付いて逃げ出したが、逃げ遅れていたら、二人とも黒焦げにされていた。したがって上林は殺人未遂容疑で捕まった。いまごろは、目白《めじろ》署の取調室でうつむいているだろう』

刑事は口をゆがめた。

『あんたは、お母さんを病気で失ったそうだね。……あんたには、お父さんと妹さんがいる。その二人を家に残して、好きになった道子さんを誘って家出した。上林は、道子さんに好かれなかった。そのうえ、道子さんをあんたにさらわれた。その恨みもあったが、父親と妹を棄てるようなことをしたあんたが、憎くてしょうがなかったらしい。あんたは、お父さんと妹さんに、手紙を送ったこともなかっただろう。古い言葉だが、あんたは家の大黒柱《だいこくばしら》になる人だった。そういう人間が家からいなくなった。あんたがいなくなった大野家がどうなるのかを、心配したことはなかったのか』

刑事は恨むような目をした。

長吉郎は、刑事にいわれて気付き、父に宛てて詫び状を送った。そして一か月ばかり後、木曽へ帰った。父と妹の前へ手を突いて謝るつもりだった。が、家の庭へ一歩入ったところを父親に見つかった。父は、二、三歩、長吉郎に歩み寄ったが、大声を出した。

『家へ入るな。用のない人間のくるところじゃない。身内を棄てるような者の顔も見たくない。帰れ』

　父の目は涙をためているらしく光っていた。固くにぎった両手は、ぶるぶる震えていた。

　長吉郎は無言でしばらく立っていた。紅《あか》くなっていた柿を野鳥がつついていた。父は音を立てて戸を閉めた。

　彼は父の背中を目に焼き付けて踵《きびす》をかえした。妹の姿を一目見ることもできず、東京へ引き返した。道子にそれを話すと、『わたしも同じ目に遭うと思う』といって、帰郷しなかった。

　それから六年後、南木曽の親戚から長吉郎宛てに手紙が届いた。

　山で父が、丸太の搬出作業中、斜面を滑り落ちてきた丸太の下敷きになった。病院へ運んだが、車のなかで息を引き取った、という報《しら》せだった。

　長吉郎は、唇を嚙んで南木曽へ出掛けた。葬儀はすんでいた。家を見にいった。自分の生家であり成長した家だったが、厳重に戸締まりされていた。手紙をくれた親戚の家へ寄ると、父の葬《ほうむ》られた墓へ連れていってくれた。墓といっても墓石はなく、卒塔婆だけが斜めに立っていた。

　親戚の人から、妹の美佐は木曽福島《きそふくしま》の農家へ嫁入りしたときいたので、その家を訪ねた。美佐は大きくなった腹を抱えて玄関へ出てきた。口元を動かしたが声を出さず、涙ぐんだ。光った目で長吉郎をにらんでいたが、父と同じように音を立てて戸を閉めた。彼は美佐の声を一言もきけなかった。

　東京へもどって、木曽でのことを道子に話した。

　彼女も両親から見放されたらしく、手紙はこなかったし、彼女からも連絡していなかった。

　道子は妊娠した。突き出てきた腹を抱えて、上原医院の自宅へ出勤していた。

　彼女は、上原医師の紹介で、池袋《いけぶくろ》の病院で女の子を産んだ。医師の妻が毎日、道子を見舞っていた。出産後半月も経つと、彼女はめぐみと名付けた子を抱いて出勤した。道子が家事をして、医師の妻が子守りをしているということだった。

めぐみは長吉郎に似ていた。標準より大きいと病院でいわれたといって道子は微笑んだ。

『住所を知られているんだから、実家へ子どものことを手紙に書いてやったらどうだ』

長吉郎はいったが、道子は気乗りしない返事をしただけだった。

めぐみが三歳になった梅雨《つゆ》どき、道子はからだがだるくて、仕事にいけない、といってパジャマ姿で上原家へ電話した。彼女の電話を受けた上原の妻は、『からだに異常はないか』ときいた。『異常といえば、食べ物がおいしくないことと、足がむくんでいます』と答えた。

上原医師から電話がきて、『二、三日休んで、足のむくみが消えなかったら、病院へいくこと』といわれた。

道子は三日休んだが、朝、おかゆを食べただけで何時間経っても空腹を感じないといった。

彼女はめぐみと手をつないで上原家へ出勤した。すると、すぐに病院へいって検査を受けるようにといわれた。検査の結果、肝臓《かんぞう》がんだと宣告された。

道子は、何日間か勤めては二日休むという不規則な日を送っていたが、がんを宣告された八か月後の雪の日、家のなかで倒れ、それきり床をはなれられなくなり、二週間後の真夜中、長吉郎に、蚊の鳴くような声で、『めぐみを抱かせて』といった。眠っていためぐみを胸に押しつけてやると、頬ずりして、そのまま目を瞑った。静かな最期だった。

火葬場には上原医師の妻と娘がやってきて、左右からめぐみの手をにぎってくれた。長吉郎は煙突からのぼる薄紫色の煙を仰《あお》いだ。

長吉郎は、大桑村の赤沢家へ、道子の死去を手紙で伝えた。だが、返事はこなかった。彼女はとうに亡くなった人にされていたようだ。

長吉郎とめぐみは、アパートから五階建てのマンションに移った。保育園へ通っているめぐみは日曜ごとに上原家へいっており、連休のあいだは上原家で過ごしていた。

長吉郎は四十代半ばで、バーの店長になった。店には毎晩、なじみの客がやってきて、その人たちの話し相手になっていた。女性客がカウンターにずらりと並ぶ日もあって、店は繁昌《はんじょう》していた。

めぐみは、高校を卒えると、大学病院付属の看護学校へ入った。上原夫人の勧めにしたがったのだった。

長吉郎は間もなく五十歳になるところでバーを辞めた。独立することにして、小ぢんまりとした物件をさがした。そこが現在の木曽屋だ。

めぐみが看護学校の寮に入ると、長吉郎は代々木のマンションに移った。彼がバーの店長のころ、週に一度は飲みにきていたのが織江だった——

茶屋が水割りのおかわりをしたのを見ていたように、長吉郎は膝の猫を椅子にそっと置いて、カウンター越しに茶屋の正面の椅子に腰掛けた。

「旅行作家の茶屋先生は、今度はどちらへ」

長吉郎はブランデーグラスを指ではさんだ。

「山梨県から静岡県にまたがる、富士川を書くつもりで、富士市の知り合いの家へいったんですが……」

その家の娘が事件を起こした、と話した。

「難事件ですか」

事件発生の瞬間を私は目撃したのだが、それを警察に告げることができないでいるのだとも話した。

長吉郎と織江は、目を醒《さ》ましたような顔をした。

三章　冬の隠避《いんぴ》

1

茶屋は二日にわたって原稿を書いた。書き上げると両手を天井に伸ばした。あしたはまた富士市の釜石家を訪ねるつもりだ。

書き上げた原稿を読み直して、サヨコのデスクに置いて外へ出ると、南の空にくっきりとした半月が浮かんでいた。あすは好天のようだ。どこで食事をしようかと迷っていると、ケータイがラテンの曲を奏《かな》でた。

電話をよこしたのは釜石千穂だった。彼女は、困ったことや迷っていることがあると茶屋に電話をよこすようになっていた。それが夫に知れたら気を悪くするのではないか。

「たったいま、函館の坂寄さんの奥さんから電話がありまして、きょうの午後二時すぎに、菜々緒は秀一を抱いて帰りましたけど、無事着いたでしょうかっていわれたんです」

つまり、菜々緒は自宅に着いていないということだ。

腕の時計に目をやると午後八時近い。

菜々緒は、羽田行きの便に乗ることにして、坂寄家を出たのだろう。羽田に着いたが、今夜は東京のホテルにでも泊まるつもりなのか。それとも列車で富士へ向かっている途中なのか。千穂は気が気でなく、じっとしていられないにちがいない。

菜々緒とは、親に気を揉《も》ませることを、楽しんでいるような娘のようではないか。

茶屋は、そのうち菜々緒から電話があるだろうと千穂にいった。

「きょうの菜々緒さんは、お子さんを抱いていま
す。お子さんのお母さんなんです。どこででも慎重
に行動しているはずです」
茶屋は千穂に騒がず落ち着いてというふうにいっ
た。
彼は食事をする店を迷っていたが、西武《せいぶ》百貨店裏
の「手《て》まり」という小料理屋へ入った。サヨコとハ
ルマキを連れていったことがある店だ。
「あら、おめずらしい。とうにうちのことをお忘れ
なのかと」
五十近い小太りの女将《おかみ》がタバコを消した。
「そう。こちらを忘れていた」
茶屋は片方の目を細めた。
「ひどいじゃありませんか。……マミちゃんは、毎
日、茶屋さんのことを、『今夜はきてくれるか、今
夜は』っていい通していたんですよ」
マミというのは三十二、三歳の色白で、いつもう
るんでいるような目の女性だった。茶屋は好意を持
たれているのを知っていたが、二人きりになったこ
とは一度もない。
茶屋はカウンターにとまると、目の前でぐつぐつ
と音をたてているおでんをもらい、日本酒を頼ん
だ。
「マミちゃんは、辞めたの?」
茶屋が女将にきいた。
「もう二か月ぐらいになるかしら。お酒を飲むとお
腹が気持ち悪くなるっていってたけど、そのうちに
お酒の匂いが嫌だといい出したので、病院へいっ
て、よく診《み》てもらいなさいってすすめたの」
「病院では……」
「内視鏡で検査されて、胃に腫瘍《しゅよう》が見つかってね、
二週間ぐらい前に手術を受けたの。……まだ入院
中。トイレにいくにも看護師さんの肩につかまっ
て。……胃を半分以上取ったっていうからか、入院
前より痩《や》せて、いくつも歳をとったみたい。わたし
はおとといお見舞いにいったけど、ベッドから出し

た手が細くなっているのを見て、わたし、泣いちゃいました」

女将は紺のハンカチを目にあてた。

マミに代わって雇われた緑《みどり》という丸顔の娘は、女将の背後へ移動して俯《うつむ》いている。

「マミちゃんが入っている病院は……」

「神田《かんだ》の日昭大《にっしょうだい》病院。茶屋さんが会いにいってあげたら、マミは喜ぶわ。元気になるかもしれない。……おとといいったときマミは、『いままで、心の底から、うれしいって思ったことは一度もなかったような気がする』っていってました。お見舞いにきてくれる人はわたし以外にはいないようで、寂しそうでした」

「マミちゃんの出身地は、たしか山梨県でしたね」

「小淵沢《こぶちさわ》で、長野県との県境近くで、なんとか川が近くを流れているといっていました」

「釜無川では」

「そうそう、そんな名の川でした。両親は、マミが二十五か六のときに相次いで亡くなったそうです。兄が一人いて、長距離トラックの運転手をしているらしいけど、何年も会っていないといっていました。マミは、手術を受ける病気をしたのを、兄には知らせていないと思います。彼女は兄の住所や電話番号を知っているかどうか……」

茶屋は日本酒を二本飲むと、お茶漬けを食べたいといった。女将と緑は笑った。

「私はときどき、お茶漬けかおにぎりを食べたくなる」

「この前もそんなことをいっていましたね」

女将は、黒い海苔《のり》を焙《あぶ》ると、それをちぎってお茶漬けにのせてくれた。


次の朝はいつもより一時間ばかり遅く事務所に着いた。応接用の椅子にピンクの背中がすわっていた。

「遅いじゃないですか。腹でも痛かったんですか」

ピンクのジャケットは牧村だった。ミカンのような色といい、若草色といい、ピンクといい、彼が着るジャケットを選ぶのは妻のような気がする。そのうちに、真っ赤《まっか》なやつか、金色の蛇《へび》のような柄のジャケットを着てあらわれそうだ。

牧村の前には空《から》のコーヒーカップがあった。ハルマキが出したのだろう。

「けさは、なんの用?」

茶屋が牧村にきいた。

「富士市の釜石家の長女の行動を、今度の名川シリーズに、実話とは思わせないように触れてもらえませんか」

牧村はそういってからハルマキに、水を落とした氷をくれないかといった。

「釜石家の長女は、きのう、子どもを抱いて函館を出たが、その後はどうしたか……」

茶屋は釜石家へ電話した。

千穂が出た。昨夜は身が細るような思いですごしたのではないかと想像していたが、けさの彼女の声は晴れ渡った青空のようだ。たぶん台所で鼻歌でもうたっていたのだろう。

「菜々緒はゆうべ九時ごろ、身延町へ着いたんです」

千穂の実家の今宮家のほうに帰ったようだ。

両親と妹のいる自分の家へ帰らず、祖父母の家へ着いた。なぜか、と茶屋は首をかしげた。

「菜々緒という娘が、子どもを産んだことは、近隣に知られていないんじゃないかしら」

サヨコだ。

「そうか。それで祖父母の家へいったというわけか」

昨夜、千穂は菜々緒から、「身延に着いた」と電話を受けたのだろう。千穂はそれで、ほっと胸を撫《な》で下ろしたにちがいない。菜々緒という娘は母親に、こうしたい、ああしたいということを、いちいち話し掛けないのだ。悩んでいることも、楽しいことも話さない虚無《きょむ》的な人のようだ。

茶屋は千穂に、

「これから菜々緒さんに会いにいくんでしょ」

ときいた。

「いきます。いま支度《したく》をしているところ。早く秀一の顔を見たいんです」

菜々緒は、秀一の父親はどこのだれなのかを両親にも話していない。役所には出生届を出しているのだろうか。他人事《ひとごと》だが茶屋は気になった。いや、興味を持った。

「茶屋先生は、菜々緒という娘と、彼女が産んだ赤ん坊を見たいんじゃ」

牧村が口をゆがめた。

「あんたには興味はないのか」

「ありません。私が気になっているのは、菜々緒のこれからです」

茶屋も、菜々緒の今後について心配していた。


茶屋は、神田の病院へある人を見舞いにいくといった。

「面会は午後ですよ」

牧村だ。

「身内だといって、会う」

「病人は、身内の人ですか」

「いや」

「男、それとも女性」

「女性だ」

「どこのだれですか」

「そんなこと、いちいち」

「怪しいな。サヨコさん、ハルマキさん。先生が病院へ見舞いにいく相手は、どこのだれなのか、知っていますか」

「病院へ……」

サヨコとハルマキは顔を見合わせた。茶屋の知り合いが入院しているなんてきいたことがない、と二人の顔はいっている。

「だれなの？」

サヨコは椅子から立ち上がった。まるで茶屋に詰め寄るようだ。

「そんなことを……」

「個人的なことを、いちいちいう必要はないっていいたいんでしょ。わたしとハルマキは、茶屋次郎先生の秘書なのよ。どこへだれに会いにいくのかは、知っていなきゃならないの。先生に、もしものことがあった場合、どこでなにをしてたかを知らなかったじゃ、秘書が嗤《わら》われます」

サヨコは眉《まゆ》を吊り上げた。

「大袈裟《おおげさ》な。病人は、手まりっていう小料理屋の従業員だよ」

「女性なのね。先生は、手まりの女と特別な間柄になったんでしょ。わたしたちをその店へ連れていかなくなったし、その店のことを毛先ほども喋《しゃべ》らなくなってた。その女、どこが悪いの？」

サヨコはまるで女房か姉のようだ。

「牧村さん、分かるでしょ。うちの先生はこうやって、わたしたちを騙《だま》しているのよ。会社へお戻りになったら、茶屋次郎とは、秘書を騙して、勝手なことをしている狡《ずる》い男だって、大きい声でいってください」

牧村は椅子を立つと、茶屋とサヨコを見比べるような目をしてから事務所を出ていった。

茶屋は牧村のあとを追うように事務所を出ると、花を買って、渋谷駅へ向かってスクランブル交差点を渡った。

日昭大病院は御茶ノ水《おちゃのみず》駅から歩いて五、六分のところだった。十二階建てで、下半分が灰色、上半分がクリーム色。その窓には秋の陽があたっている。

七瀬《ななせ》マミは十二階の特別室に入っていた。茶屋がドアをノックすると小さい声が、「どうぞ」といった。

彼女は窓辺に立っていた。パジャマのズボンが長すぎるのか、裾《すそ》を幾重《いくえ》にも折っていた。彼女は思いがけない人を迎えたからか、少し口を開いて黙っていた。茶屋が二、三歩近寄ると唇《くちびる》を震わせて目をうるませた。

マミは痩せていた。白くて細い指で涙を払った。

「先生がきてくださるなんて……」

彼女は涙声でいってベッドにもどった。茶屋は壁に立てかけてあった折りたたみ椅子を使うことにしたが、花びんがないことに気付いたので、ナースステーションへいって花びんを借りた。花はマミが、一本一本透明の花びんに挿した。

「おとといまで六階の六人部屋にいましたけど、夜中に大きい声を出す人がいたので、ここへ代えていただいたんです。お医者さんからはもう退院してもいいっていわれましたけど、ご飯を食べられないので、一日延ばしにしています」

「ご飯を食べられないっていうと……」

「ご飯やお味噌汁の匂いを嗅《か》ぐと、気分が悪くなるんです」

「それでも食べないと。アメリカの知人にきいたことだけど、アメリカでは胃を切っても、次の日からご飯を食べさせるらしい。そのほうが回復も早いということです」

兄がいるそうだが、連絡したかをきくと、彼女は首を横に振った。いままで見舞いにきてくれたのは手まりの女将だけだといった。

茶屋は十五分ばかりで椅子から立ち上がった。マミはベッドにすわったまま口に手をあてた。

2

きょうは好天なので、富士川の河口付近から富士山を眺めるつもりで、茶屋は堤防に沿う道路を下った。砂の山がいくつもあるのはセメント工場だ。

何度か車をとめて堤防にのぼった。河原には広い家庭菜園のような畑があって、何人かが野菜や花の手入れをしていた。JR東海道《とうかいどう》本線と東海道新幹線の列車が川を渡った。

　富士川河口は日本一広いといわれているが、駿河湾に流れ込むのが見えるところまではいけなかった。

　茶屋は堤防上から北を向いた。やや東寄りを白い雲のかたまりが動いていた。十分ほど眺めていると雲が割れ、白い富士山があらわれた。カメラを向けた。雲はかたを変えて富士山を隠した。

　富士川と身延線に沿う道路を遡《さかのぼ》って、富士山本《ほん》宮《ぐう》浅間大社の赤い鳥居をくぐった。広い境内《けいだい》のあちこちに参詣者《さんけいしゃ》が何人もいた。ここにも絵馬がぎっしり吊り下がっている。茶屋は、絵馬を読むのが好きである。人の秘密をのぞき見するような気分だ。これをサヨコとハルマキが知ったら、悪趣味だと顔をそむけそうだ。絵馬を奉納した人の多くは、神様にきききとどけて欲しい願いごとを書いている。願いごとのなかで最も多いのは健康に関することである。が、なかには首をかしげたくなるような祈願もあった。

〈けいすけさんとうまく別れられますように〉

〈おとうさんがいなくなったので、おかあさん、早くもどってきて〉

　健康に関することの次は、合格祈願だ。合格祈願の類《たぐい》は、学問の神様にお願いするものと思っていたが、社寺を問わず黒いペンを走らせる人がいるらしい。

　身延駅に着いた。富士川はこの駅を嫌うようにいったん西に逸《そ》れ、思い直してか、次第に身延線へ近寄っていく。ここからは日蓮宗総本山《にちれんしゅうそうほんざん》の久遠寺《くおんじ》が近い。参詣をすませて下ってきたらしい中年女性の四人が、列車の時刻表を見上げていた。

　茶屋は今宮家の庭へ入った。植木のあいだから真っ黒い猫が飛び出していった。この家の飼い猫ではないらしい。きょうも作業場からは鑿《のみ》の頭を叩く音がしていた。

彼は作業場へは声を掛けず、母屋《おもや》の玄関で、「茶屋次郎です」と挨拶《あいさつ》した。すぐに戸が開いて顔を出したのは千穂だった。

「まあ、先生。お忙しいのに、わざわざおいでくださって」

千穂は微笑しながらいい、早く上がってくださいといった。茶屋は、菜々緒の行動を気にして、それで訪れたものと千穂は思い込んでいるようだった。

茶屋はたしかに十七歳で子持ちになった菜々緒の動向が気にはなっているが、身内の者とはべつの感情を抱いている。子どもを産んだ高校生に関心があるのだ。それと先夜の行動だ。彼女はバイクを運転して高速道を走っている男めがけて、橋の上からドンブリを落下させた。落下物を受けた男が死んでもかまわないと思っていた。むしろその死を希《こいねが》っていたのだろう。ところが翌日、高架橋から落下物を受けて重傷を負ったのは、彼女が狙っていた人ではなかった。彼女は見知らぬ人に大怪我《おおけが》を負わせてしまったことを知った。

彼女は重大な秘密を抱えて、子どもをあずけていた函館の牧場へいき、昨夜、子どもを抱えて母の実家へ着いた。彼は、そんな少女を観察したかった。

千穂の母の冬美がやってきて、茶屋を座敷に通した。その部屋の床の間には、渋柿《しぶがき》のような色の軸《じく》が垂れ、青い小さな器に白い花が活けられていた。

千穂がお茶を出して、茶屋の正面へすわった。彼女は、たびたび茶屋に電話を掛けたことを謝まった。

「私は、菜々緒さんと坊やに会いたいのだが」

茶屋がいうと、千穂は一瞬困ったような表情をしたが、立ち上がった。茶屋に隠しごとをするのはまちがっているというふうに、ふすまの向こうへ消えた。

五、六分するとふすまが開いて、菜々緒が赤ん坊を抱いて入ってきた。彼女は、恥ずかしいといっているのか、薄笑いを浮かべると、茶屋の横へすわった。赤ん坊は丸い目をして、額《ひたい》が広い。小さな唇を動かしている。

「可愛いね」

茶屋はいった。世辞《せじ》ではなかった。菜々緒の父の喜八郎に似ているような気もした。そっと手をさわると指をにぎり返してくれた。

「先生にはお子さんは」

千穂がきいた。

「恥ずかしいことですが、私は離婚していまして、十一歳の娘はいま別れた妻と暮らしています」

千穂と菜々緒はうなずいてから、同時に顎《あご》を動かした。

「お嬢さんにはときどきお会いになるんでしょ」

千穂がきいた。

「年に一、二回ですね」

千穂と菜々緒は、また首を動かした。

秀一という名の赤ん坊は、小さく唸《うな》った。咳《せき》を二つすると泣き出した。長じてから、函館の牧場経営者の家にあずけられていたことを、菜々緒からきくだろうか。

玄関のほうで女性の声がした。冬美が出ていったが、すぐに会話しながら座敷へもどってきた。来客は千穂の妹の富永ふさ絵だった。

「あら、茶屋先生」

ふさ絵はすわると、菜々緒の腕から秀一を奪い取るように抱いた。秀一は泣きやんだ。この女性は自分の母とはどういう続柄《ぞくがら》なのかをさぐるように、秀一はふさ絵をじっと見ていた。

夕飯を一緒に摂《と》ってもらいたいと冬美がいったが、茶屋は下部《しもべ》温泉のホテルを予約しているのでといって、膝《ひざ》を立てた。

玄関へ出ると、山の塒《ねぐら》へ帰るらしい烏が二羽三羽と東へ向かっていた。

夕方、瓦葺《かわらぶ》き屋根の下部温泉駅をのぞいた。「素足のふるさと」と彫った石碑があった。電車が客を浚《さら》っていったのか待合室にはだれもいなかった。駅前には食堂やみやげ物屋があるが、杖《つえ》を突いた女性が一人歩いているだけだった。

ここには温泉宿が何軒もある。「信玄《しんげん》公の湯」などという看板を出している旅館もあった。茶屋が予約しておいたホテルは川沿いにあって、この温泉街では最も規模が大きいようだ。

玄関前へ車をとめると、和服の女性が二人飛び出てきた。

部屋は七階で、和室にベッドを二つ並べてあった。

日が暮れた。窓辺に立った。畑と小川を越えたところに民家が四、五軒あって、どの家からも小さな灯《あか》りが洩《も》れていた。その灯りは帰ってくる人を待っているのだろう。

茶屋は、大風呂に入ってから、浴衣《ゆかた》に半纏《はんてん》を羽織ってレストランへ向かった。客席を見まわした。二十組ぐらいがいて、その半数が家族連れ。年齢の不釣り合いのカップルが二組。単独は茶屋だけだ。彼は先《ま》ずビールを一杯飲《や》ってから、天ぷらを肴《さかな》に日本酒を飲んだ。彼は旅行作家であるので、旅先での食事風景の観察も重要だ。

彼の隣の席は老夫婦で、夫は七十代後半か八十歳くらい。久遠寺参詣を終えたのではと茶屋は勝手な想像をした。横目で見ていると、夫はちびりちびり酒を飲んでいるが、妻は肴を小皿にとっては夫の前へ置く。夫が一口食べると、べつの肴を小皿にとって夫の前へ置いている。二人はなにも話さないように見えた。

高齢のカップルはもう一組いた。妻はさかんに箸《はし》を動かしているが、派手な柄のシャツの夫は食欲がないのか俯き加減だ。

茶屋はグラスに注《つ》いでもらった酒を持って部屋へもどった。きょうの今宮家で目にした光景を思い出して、ノートにメモした。印象に残っているのは、千穂の妹のふさ絵だ。彼女は赤ん坊の秀一を抱き上げた。抱き方は下手《へた》だった。彼女は結婚したのに子どもに恵まれなかった。姪《めい》の産んだ子の顔をまじまじと見ていた。自分との血のつながりをさがしていたのかもしれない。それと、強烈な絵を描く姪の片鱗《へんりん》をさぐっていたようでもあった。

翌朝、ホテルを出た茶屋は、富士川街道を遡った。増穂で急に川幅が広くなった。そのわけはすぐに分かった。釜無川と笛吹川が合流して、富士川が生まれる地点であった。山梨県西八代郡市川三郷町《にしやつしろぐんいちかわみさとちょう》の標識を読んだ。

道の駅を見つけて広い駐車場に車を入れた。大型コンテナを積んだ車が何台もとまっていた。展望台があったので昇った。見えるのは幾重にもかさなった山と川をまたいでいる大きい橋だ。山のところどころに紅《あか》い部分がある。上空の白い雲はちぎれて東へと流れている。好天だが風は冷たかった。

展望台から山と川を眺めているうちに、ふと菜々緒の顔と姿が浮かんだ。母親の千穂の話だが、菜々緒は急になにかに突き上げられるように絵を描きたくなるらしい。描きはじめると食事も忘れたように没頭《ぼっとう》するという。

描いた絵は毒をふくんでいて恐ろしい。小川の流れか、水草か、湖のさざ波を描こうとするが、筆の先が牙《きば》を剝《む》いて、悪魔に化けるようだ。

彼女は子どもを産んだ。相手はだれなのか。彼女は富士市の入江照正と親しくしていた。子どもの父親は照正だろうと思うが、彼女はそれを両親にも打ち明けていないらしい。

照正は、九月十四日の夜、同じ市内の大曲隆一を自宅に訪ねて将棋を指《さ》した。その帰り道でバイクに衝突されたのが原因で死亡した。警察は事故ではなく故意に衝突した可能性があるとみて、照正の交友関係を洗っているようだ。

菜々緒には、照正を死なせた者の見当《けんとう》がついているように思える。それは男性で、平日の午後五時半ごろ、新東名高速道を沼津方面からバイクで走ってきて、富士市岩本の高架橋をくぐるのを彼女は把握している。

彼女は、十月十八日の夕方、自宅の庭からドンブリに約一キロの重さの石を入れて、高架橋の上に立った。バイクで走ってきた男を狙って、網を張ってある欄干《らんかん》を乗り越えるようにしてドンブリを落下させた。殺人を実行したのだった。つまり照正を死なせた者を殺すつもりだった。が、翌日、高架橋からの落下物によって重傷を負った男は彼女が狙った男ではなかったことが判明した。

「あんたがターゲットにしたのは、どこのだれか」を茶屋は菜々緒にきいたが、答えなかった。

警察は茶屋と牧村を疑いの目でみている。十八日の夕方、菜々緒の行動をにらんでいたのを、通りがかりの人が見て、茶屋の車のナンバーを覚えていたのだ。茶屋は静岡県警の刑事の訪問を受けて、そのときのことをきかれたが、「知らない」「なにも見ていない」と答えて、係官を追い返した。証拠がないので、警察は彼の嘘を見抜けなかったようだ。が、すぐに引き返してくるような気がした。

菜々緒は見知らぬ人に大怪我を負わせてしまったから、落ち着けなくなったらしい。その動揺は彼女を函館へと走らせた。函館の牧場主に彼女は子どもをあずけていた。その子に無性《むしょう》に会いたくなったらしく、函館へ飛び、子どもを抱いて、母の実家へもどってきた。

行動が不安定なのは年齢のせいだけだろうか。

彼女は重大な秘密を抱えている。子どもを産んだがその子の父親がだれかを、だれにも話していないらしい。

菜々緒は、バイクに乗ったある男を殺そうとしていた。殺害計画を実行したが、人ちがいであったことが翌日分かった。しかし彼女は口をつぐんでいる。

したがって、彼女がターゲットにしている人間は生きていて、まだ無傷だ。それがだれであるかも彼女は口にしていないようだ。人ちがいと分かったのだからまたその人物を慎重に狙い直すつもりなのだろうか。茶屋は菜々緒から目がはなせないような気がした。

富士市や富士宮市に、菜々緒からターゲットにされている者がいるだろう。その人は高速道路で発生した事件を知っているにちがいない。事件の加害者は何者だろうかを考えた。思いあたる者が何人かいて、そのうちの一人が菜々緒だと気付いただろうか。気付いたとしたら、なんらかの行動を起こしそうだ。そう考えると茶屋はじっとしていられなくなって、身延の今宮家へ引き返した。

赤ん坊の泣き声がきこえた。健康で平和な雰囲気が今宮家を包んでいた。

茶屋は、そっと菜々緒を呼んだ。彼女は秀一を祖母の冬美にあずけた。

「私は、十月十八日の夜のあなたの行動を見てしまった。だがそれを警察にも告げていない。罪になるだろうが、私は黙っている。……それよりも、あなたは人ちがいで、バイクの人に大怪我を負わせてしまった。その事件を、あなたがターゲットにしていた人は知ったにちがいない。ターゲットはだれなのかを私は知らないが、その人は、自分に危険がおよびそうだと思えば、あなたに対してなんらかのアクションを起こしそうだ。そうは思わないか」

「そうかもしれません」

「危険だと思うだろ」

「はい」

「あなたがターゲットにしている人は、どこのだれなのか私は知らないが、あなたを危険な目に遭《あ》わそうと考えているかもしれない」

菜々緒は上目遣いをした。顔色は蒼《あお》い。

「その人は、あなたの住所を知っているだろうね」

「知っていると思います」

「この家は……」

「知らないと思いますけど」

彼女は首をかしげた。ここは母親の実家だ。相手が、彼女は危険を察知して隠れているとわかれば、そこはどこかと目の色を変えてさがすだろう。

茶屋は、この家にいるのは危険だと思う、といった。相手は、菜々緒がどんな手を使うかを考え、先まわりして彼女に危害を加えようとしているにちがいない、ともいった。

彼女は両手を頰《ほお》にあてた。眉間《みけん》が険《けわ》しくなった。

函館にいるほうが安全ではないか、と茶屋はいった。

彼女は同意するように顎を引いた。彼女は若いからだろうが、一時の感情で行動を起こしているようだ。

「函館に親しい家があることを、身内の人たち以外に知られていますか」

「知られていないはずです。わたしはだれにも話していません」

「よけいなことですが、秀一さんの出生届は……」

「まだ出していません」

菜々緒は急に立ち上がった。こうしているあいだに何者かの黒い手が伸びてきそうとでも思ったのか、首を押さえたり、肩を揺らしたりしていたが、無言のまま部屋を出ていった。

3

身延町の今宮家で菜々緒に会ってから十日がすぎた。きょうは朝から富士川に関する原稿を書き、ひと区切りついたところで、両手を天井に突き上げた。ハルマキが、湯気の立ちのぼるコーヒーカップを茶屋のデスクに置くと、一階の集合ポストへ郵便物をとりにいった。

出版社や食品会社からのいくつかのパンフレットのあいだに白い封書がはさまっていた。差出人は坂寄鉄造と書かれてあり、住所はなかった。函館の牧場主の名だが、中身は釜石菜々緒の手書きの手紙だった。

〈茶屋先生は、毎日、あちらこちらと飛びまわっておられて、お忙しいと思います。

わたしは、先生のご忠告をうかがってすぐに、身延町の家を出て、甲府の甲斐善光寺近くのホテルへいきました。そして次の日、函館へもどりました。でも、もどった日に、わたしは高い熱を出しました。でも、お医者さんに診てもらうほどではありませんでした。

坂寄の家族は、かわるがわる秀一の面倒をみてくれているので、助かっています。

わたしは高校三年生でしたが、学校をやめることにしました。その手続きは母がやってくれることになっています。

わたしはわがままな娘ですので、両親も祖父母もはらはらしていることでしょう。父は、秀一がわたしに似ないといいが、といっています。

先生はお忙しいでしょうが、おからだを大切になさってください。北海道へおいでになられることがありましたら、函館へお立ち寄りください。

けさは小雪がちらつきました。それは風花《かざばな》だと、こちらのお母さんに教えられました〉

電話やメールがあるのに、手紙とは珍しい。彼女はごく古風な性格なのか。

茶屋は上手い字とはいえない菜々緒の手紙を封筒へしまった。

函館の風景が浮かんだ。坂道、港、教会。そして夜のきらめき――

ドアにノックがあった。「どうぞ」ハルマキが叫ぶようにいった。

首から入ってきたのは、先日、静岡県警本部の警部と一緒にやってきた甘川《あまかわ》と大味《おおあじ》という刑事だった。サヨコもハルマキも椅子をすすめないのに、二人の刑事は応接用の椅子に腰掛けた。

「私たちは、先日、茶屋さんのいったことを再検討しました。その結果、私たちに嘘《うそ》をついていると結論したんです」

「結論とはなんですか」

茶屋はデスク越しにいった。

「十月十八日の夕方、あなたは、高架橋に立っている人を見たんだ。高速道を見下ろしている人を見かけたので、なにをしているのかと興味を覚えて見ていた。すると高架橋に立っている人は欄干に背伸びして、なにかを落下させた。あとで分かったが、落下物は、ラーメン店のドンブリと丸い石だった。たまたま高速道をバイクで通りかかった新富伸行さんをそれは直撃した。……やられた新富さんの背後を詳しく調べたが、彼には怪我をさせられる、いや、殺されるほどの恨《うら》みなどを持っていそうな者はいなかった。……あなたは、高架橋に立っていた人がどこのだれかを知っているはずだ」

そうだろう、と甘川刑事は口元をゆがめていった。

「ほう。最近の刑事さんは、想像でものをいうようになったんですね」

「単なる想像じゃない。あなたの車を見た人の記憶から、事件発生時、あなたは橋の近くにいたことが確実になったんです」

「私の車を見たという人の記憶が怪しいのではありませんか。私が事件を目撃した可能性があると思い込んでいるので、目撃したと結論したんでしょ。私は、その時間の高架橋なんかに興味はありません」

サヨコとハルマキは、二人の刑事に水も出さなかった。

刑事たちは、なにかをさがすように事務所内を見まわしていたが、「また訪ねる」と、捨てぜりふを投げて出ていった。

刑事の執拗《しつよう》な質問に負けた茶屋が、たしかに橋の上からなにかを落下させるのを目撃したと答えたとしたら、それはどこのだれだったかをまたしつこくきいただろう。場合によっては、富士署へ連れていかれたかもしれない。殺人未遂事件だったのだから、警察は手をゆるめるわけにはいかないはずだ。

二人の刑事がドアを蹴るようにして事務所を出ていって五、六分後、「ごめんください」と女性の細い声がした。ハルマキがまた、「どうぞ」というと、ドアがゆっくりと静かに開いた。足音をしのばせるように入ってきたのは七瀬マミだった。胃がんの手術を受けて入院していた女性だ。

　サヨコとハルマキは、顔を見合わせた。会ったことのある人だが、どこで会ったのかを思い出そうとしているらしかった。

「退院できたんだね」

　茶屋はいって応接用のソファをすすめた。

　サヨコとハルマキは、首をかしげている。

　マミは手提げ袋から出した物を茶屋の前へ置いた。

「退院は、いつでしたか」

「結局、おとといになってしまいました」

「でも、よかった。その後の体調はどんなですか」

「疲れているみたいなだるさが。それと食欲がまったくありません。でも、食べないわけにはいかないので、少しずつ、何回かに分けて。……当分のあいだ店には出られないと思います」

「そう。栄養のある物を少しずつ摂ることです」

　茶屋はハルマキのほうを向いた。彼女は来客にお茶を出すのを忘れて、あきれたような顔をしていた。サヨコはパソコンの陰から茶屋とマミの会話をきいている。

　マミは、五、六分で、「お礼にうかがっただけですので」といって立ち上がった。痩せて顎がとがっている。茶屋は彼女の容貌《ようぼう》が気になったが、それは口に出さなかった。

　マミは、サヨコとハルマキにも頭を下げて、消えるように事務所を出ていった。

「どこかで会った人のようだったけど、どこのだれだったのか……」

　サヨコが茶屋の前へ立った。

「手まりっていう小料理屋の人」

「ああ、思い出した。入院してたという人か」

「胃を三分の二ほど切ったんだ」

「その後の体調はとか、栄養のある物を少しずつとかって、ずいぶんやさしいことをいっていたじゃない」

「病気あがりの人には、それぐらいのことは」

「どうやって、あの人が手術のために入院したことを知ったの?」

「店できいたんだ」

「やっぱり手まりっていう店へは、ちょくちょくいってたのね」

サヨコは唇をゆがめた。

「しばらくいっていなかった」

「手まりへいったことも、そこの女性が、入院したのを知って、見舞いにいったことも、わたしたちにはいおうとしなかった。……見舞いをするっていうことは、たいそう親しかったからだ。わたしもハルマキもそれを知らなかった。わたしたちに知られたくない関係だったのね」

サヨコの眉尻がぴくりとはねた。

「手まりの女将から話をきいているうち、見舞いをしてやろうって思い付いたので、いっただけだ。たいそう親しかったなんて、大袈裟ないいかたをするな」

「わたしたちに、隠しごとをしてたなんて。このごろ、たびたび富士のほうへ出掛けるけど、そっちにも親しい……」

茶屋の前の電話が鳴った。釜石千穂からで、きょう高校へいって、菜々緒の退学の手続きをすませてきたと、寂しげないいかたをした。

茶屋は、菜々緒から手紙をもらったことを伝えた。

「函館の人がかわるがわる秀一さんの面倒を見てくれていると、書いてありました」

茶屋がいうと、千穂の声が急に変わった。彼女は泣きはじめたのだった。娘が産んだ子の世話をしてやれないのを、悔《く》やんでいるのだった。

「菜々緒さんが学校を中退したことを知って、訪ねてくる人がいるかもしれません。だがだれにも函館にいることを話さないでください」

菜々緒は危険を抱えている。狙われた人物が彼女を知ったとしたらタダではおかないだろう。

きょうの東京も風花が舞いそうな暗い空模様だ。

「きょうは寒いから、温かい鍋でも囲うか」

茶屋は、サヨコとハルマキの顔を交互に見ていった。

「温かい鍋でも熱い酒でも、自由にどうぞ」

サヨコは顔をそむけた。ハルマキは背中を向けて洗い物をはじめた。

4

十一月下旬の曇りの日の朝十時すぎ。茶屋は事務所への階段を昇ろうとしていた。と松葉杖《まつばづえ》を突いた男が、上を向いたり首をひねるような格好をしていた。

「どこかをおさがしですか」

茶屋は首に厚いマフラーを巻いている男の背中に声を掛けた。

「このビルに、茶屋次郎という人の事務所がありますか」

四十代前半に見える中背の男がきいた。

「茶屋次郎は私です」

茶屋は男の全身に目を配った。男は色白の丸顔で眉が太い。どちらかというと痩せ気味だ。黒い布製のバッグを斜めに掛けている。手すりをつかみ、杖を引きずって二階へ上がった。

男が茶屋に会いにきたといったので事務所へ入れた。サヨコとハルマキが声をそろえて朝の挨拶をしたが、杖を突いた男と一緒だったので二人は顔を見合わせた。

「どうぞ」

茶屋は男にソファをすすめると名をきいた。

「富士宮市大久保の新富伸行です」

ニュースで知ったし、警察署からもきいている氏名だった。

「茶屋さんは、私がどういう者かをご存じだと思います」

「お名前をうかがって、思い出しました。高速道路でとんだ災難にお遭いになられた方でしたね。おからだがご不自由なようですが」

「右足はこの通り自由がききませんし、今も右手は箸を持つことができません。まだ治療を受けています」

顔は怪我をしなかったようだ。新富は、一週間ばかり前まで入院していたのだといった。

「お怪我をなさったのは、たしか十月十八日の夕方でしたね」

「憶《おぼ》えているんですね」

新富は目に力を込めて茶屋をにらんだ。

「憶えていますし、お怪我をなさった方はどうされたかを気にしていました」

「私は、バイクで会社からの帰りの高速道で、橋の上から落ちてきたドンブリと石にあたったのが原因で転倒し、怪我をしました。ドンブリと石を落とした者がいるのですが、その犯人を、茶屋さんは見ていますね？」

新富は決めつけるようないいかたをした。警察官が、茶屋は物を落下させた犯人を見た可能性があるとでもいったのだろう。

「あの日、私は車で例の橋の近くを通りかかった。橋の上に立って、下の高速道を見下ろしている人がいるなと思っただけです」

「警察の人は、茶屋さんは橋の上にいた人も、その人が物を落下させたところも、見ているといっています。……正直に話してください。橋の上からドンブリを落としたのは、男か女か。どのような体格で、何歳ぐらいか。それとも茶屋さんが知っている人だったか」

「私は橋の近くを通りかかって、橋の上の人をちらっと見ただけです。性別も体格なども分かりません」

「警察の人がいっていることと、だいぶちがっている。警察の人は、茶屋さんの車はしばらくとまって、同乗の人と一緒に橋のほうを見ていたといっています。それを目撃した人がいるんです。車に乗っていた二人の行動が、なんとなく怪しかったので、目撃者は車のナンバーを控えたんです。……茶屋さんはいい逃れをしている。つまり高速道へドンブリを落下させた人をかばっている。かばっているのでなく弱みをにぎったんでしょう。弱みをにぎったというのは、のちのち……」

「やめてください。私は世間に少しばかり名を知られている者です。あなたこそ、私を……」

　サヨコとハルマキは、衝立《ついたて》の陰で棒を呑んだように立ちつくしている。来客にお茶を出すのを忘れているようだ。

「私は入院中に、茶屋さんがお書きになった本を五、六冊、買って読みました。それまではめったに読書などしなかったので、茶屋さんの名も知らなかった。読んだのは、木曽川《きそがわ》、高梁川《たかはしがわ》、那珂川《なかがわ》、広島の川、金沢《かなざわ》の川、それから神田川。どれも事件がからんでいる。こういうものを書く人は、想像だけでなく、陰で、実験的に事件を起こしてみて、それをふくらませて小説風にこしらえているのだろうと思いました。病院で担当の看護師さんに読んでもらって感想をきいたら、私の感想と同じことをいいました」

　茶屋は、作品を読んでくれた礼を述べた。

　新富は、杖にすがってよろよろと立ち上がった。

「私はこれからある人に会います。ある人とは、十月十八日の夕方、茶屋さんの車を見た人です。あらためて、じっくり話をきくつもりです」

新富は、サヨコとハルマキのほうを向き、ひとにらみしてから、杖音をさせて事務所を出ていこうとした。茶屋は新富の住所をきいた。

新富はあらためて事務所内を見まわしてから出ていった。

「いまの人、怖い」

ハルマキは組んだ手を顎にあてた。サヨコは首をかしげて目を細くした。その目は冷たく光っていた。

「あの人、またくると思う」

サヨコはつぶやいて、パソコンの前へすわった。と、ハルマキが手荒くドアを閉めて出ていった。杖を突いて階段を下りる新富に手を貸すのだろう。

ハルマキは二十分ほどしてもどってきた。渋谷駅で電車に乗るという新富を見送ってきたのだった。

「いまの人、ある人に会うっていってたが、どこで会うのか」

茶屋はハルマキのほうを向いた。

「富士市の人ですけど、一緒に東京へ出てきたんだそうです。新幹線の待合室で会って、一緒に帰ることになっているといっていました」

十月十八日の夕方、高架橋の近くで茶屋の車を見て、不審を抱いたので、車のナンバーを憶えたという人らしい。その人と新富伸行は親しいのか。それまでは知り合いではなかったが、高速道での事件を知り、怪我人がいることを知ったので、

「あの日、暗がりにとまっていた車と、事件は無関係ではないのでは」と、入院中の新富を訪ねて話したことが考えられる。そして警察に、「車を見た。ナンバーはこれだ」と告げた。警察は即座にナンバーを照会して、車の持ち主をつかんだ。

新富は、車を見てナンバーを憶えた人と一緒に東京へ出てきたらしい。その人は東京で用事をすますと、また一緒に富士市へもどるのか。

その人を仮にAと呼ぶことにした。男性だろう。Aは、新富と一緒に茶屋に会うことを考えていた

が、べつの案が浮かんで、新富を単独で会わせることにした。茶屋次郎とはどんな人間で、新富に対してどんなことをいったかを知りたかった。新富から茶屋の印象をきいて、攻撃の策略でも練ろうとその方法を考えようとしているのではないのか。

茶屋は菜々緒に、交通事故で死なせようとした相手は、いったいだれなのかをきいていないが、その前に自分の尻に火がついたことに気づいた。

Aは、どこのなんという人か。男性だろうと思うが、住所はどこで、職業はなにか。

Aは、暗がりで茶屋と牧村が乗っている車を見ると、ナンバーを憶えた。車の中の茶屋と牧村が怪しい人間に見えたのか。だがすぐにナンバーを憶えたとは、普通の人ではないような気がする。

茶屋は、釜石家の人たちと親しくなったために、後ろ暗いことをする人間になってしまったような気がする。釜石菜々緒が、夕方の高速道を走ってくるバイクに向かって、石を入れたドンブリを落下させた。落下物をまともに受けてしまった会社帰りの新富伸行という男は、大怪我を負ったのだが、そのことを茶屋はだれにも話していない。知っているのは一緒に乗っていた牧村だけだ。牧村も重大事件を目撃したことは腹の底にしまったままでいるようだ。人命のかかわった事件を目撃しながら押し黙っているのだから、毎日が重苦しい。

警察へ牧村と一緒に出向いて、「じつは」と打ち明けるのが最善の方法だろうが、それは幼い子どものいる菜々緒を売ったことになるし、釜石家の全員に影響がおよぶだろう。

茶屋の目には赤ん坊を抱く菜々緒の姿が浮かんだ。彼女は何頭もの牛に向かって、「わたしの子だよ」とでもいっていそうだ。それはのどかな風景だが、彼女は黒くて重い石のようなものを抱えている。恋人だった入江照正をバイクで殺した相手を、いまも恨んで、復讐の方法を練っているのかもしれない。その相手がどこのだれかを茶屋はきいていない。釜石夫婦も知らないようだ。

その人物について分かっていることがある。平日の夕方、沼津方面から赤いバイクを運転して新東名高速道を西へ走ってくる。それは男性だろう。

富士署は、九月十四日の夜に発生した入江照正の死亡事件を捜査している。が、未だ加害者を割り出すことができないでいるらしい。

だが、釜石菜々緒だけは知っている。


牧村がふらっと茶屋事務所へやってきた。きょうの彼は、バナナのような色のジャケットを水色のセーターの上に着ている。

「警察は、入江照正に衝突させたバイクを割り出せないでいるらしい。被害者のからだに残ったタイヤ痕《こん》から、メーカーが分かったはずだが」

茶屋がいった。

「犯人は、被害者のからだにタイヤ痕が押し印のように残るのを知っていたので、タイヤに工作をほどこしていたのだと思う。少なくとも前輪に。メーカーに照会したでしょうけど、そのような溝《みぞ》のタイヤはなかったんだと思います」

牧村は天井を向いていう。

「タイヤに工作か。どんなことをしたんだろう」

「削ったり、へこみの部分になにかを貼り付けたり」

牧村はその工作を見ていたようないいかたをした。

「タイヤ痕から加害者を割り出すことができなくても、べつのヒントがあるな」

「べつのヒント……」

「平日のあの時間、新東名高速道を沼津方面からバイクで走ってくる人」

「そういう人は何人もいるでしょうね」

「何人もいるだろうけど、バイクのタイヤに工作をほどこしている人は、一人だ」

茶屋はそういって、額に手をあてた。

警察は、高速道に石を入れたドンブリを落下させた者を割り出していないし、その加害者は人ちがいで重大行為をしてしまったこともつかんでいない。ただ、被害者の新富が、

「他人から、殺されるほどの恨みを持たれている憶えはない」

といっているだろうから、あるいは加害者は人ちがいの事件を起こしてしまったのではと警察はみているかもしれない。

そういう推測が取り上げられれば、平日の夕刻を中心に下り線をバイクで走ってくる人をとめるだろう。とめて、入江照正を知っていたかをきくと同時にバイクのタイヤを点検する。タイヤに細工をほどこした痕跡を認めれば、九月十四日のアリバイを追及する。

茶屋が推測を語っていると、牧村は二度、あくびをこらえるように口をふさいだ。

「先生は入江照正の家族に会ってみたらどうでしょうか」

牧村はまばたきをした。

「会って、どうするんだ」

「照正さんは、釜石菜々緒さんと親しくしていた。それを恨んでいる人がいたらしい。それはどこのだれか知っているかときいてみる」

「そんなことを、警察官でない者がきいたら、ただ怪しまれるだけじゃないか。私がなぜそんなことをしなきゃならないんだ」

「先生には、富士川を書いていただいていますが、その川が日本の三大急流で、山あいをのたうちまわるようにうねっている、なんてことを書いたって、うちの読者はよろこびません。先生は予期しなかった殺人事件を目撃してしまった。その事件の犯人を知っているが、義理がからんでいるので口外できない。だが犯行がなぜ行なわれたかを調べる。その過程を細かく書く。読者と一緒に闇夜を手さぐりで歩

いているように……」

牧村はそういうと、ハルマキにコーヒーのおかわりを頼んだ。彼女は、「はい、はい」といって背中を向けた。


茶屋はノートを開いた。それには入江照正が大曲隆一の自宅へいって将棋を指し、その帰り道にバイクに衝突され、死亡したことが書いてある。入江の家族は、照正の両親と姉が二人。祖母が同居となっている。

茶屋は牧村のいうことをきいて首をかしげていたが、まず入江家のだれに会うかを考えた。

牧村は、二杯目のコーヒーを飲むと、サヨコとハルマキに笑顔を送って事務所を出ていった。

「牧村さんて、見かけによらず仕事熱心ね」

サヨコがいった。

四章　揺れ模様

1

茶屋は道玄坂の藤本《ふじもと》弁護士事務所へ電話して、死亡した富士市の入江照正の家族の住民登録を見てもらうことにした。その回答は一時間後にあった。弁護士事務所は現地の同業事務所と連絡を取り合っているのだ。

〈父・入江久敏《ひさとし》、母・園子《そのこ》、長姉・亜由《あゆ》、次姉・沙《さ》希《き》、祖母・美代《みよ》〉

照正は二十歳だった。二人の姉は二十六歳と二十二歳。

茶屋は、入江家の前を車でゆっくり通過した。丈《たけ》の低い門扉《もんぴ》のある木造二階建てで、「入江」という太字の表札が出ていた。門のなかには先端を細く刈った杉の木が据わっている。

入江家の裏側へまわろうとしたとき、斜め前の家の人が門の外を箒《ほうき》で掃《は》いているのが目に入った。その家の主婦らしい。茶屋が車をとめると、主婦はかがめていた腰を伸ばした。彼は車を降りて、入江家とは付き合いがあるかをきいた。

「お付き合いというほどではありませんけど、奥さんやおばあさんに会えば、お話をします。入江さんのことでなにかお調べでしょうか」

五十代後半に見える主婦は、茶屋の全身に目を配った。

「私は、週刊誌に記事を書いていまして、入江さんの息子さんの死亡に関することを調べているんです」

「息子さんは、夜間に、バイクと衝突したのが原因で亡くなったんですよ」

「そうでした。ですがバイクに乗っていたのが、どこのだれなのか分かっていません」

「そうでしたね。警察の方が、うちにもきて、照正さんはどんな青年だったかをきかれました。わたしは、真面目《まじめ》そうでおとなしそうな人だったと話しました」

照正の父親の久敏は、富士市内の段ボールをつくっている会社の社員。上の娘は久敏と同じ会社に勤めていて、下の娘は静岡市内の大学に在学中だということが分かった。

「上の娘さんは毎日、夕方の六時半ごろに帰ってきますが、ご主人の帰りは遅い時間のようです」

それをきいた茶屋は、日曜に入江家を訪ねることにした。

きのうまでは冬とは思えないような暖かい日がつづいていたが、日曜の朝は晴れているが風は冷たかった。

茶屋は車をとめて富士川の堤防へ登った。広い運動場があって野球をしている人々が見えた。川の流れが見えるところまで歩いた。川面《かわも》をのぞくと、いちょうの葉が躍《おど》るように、さざ波がきらきら輝いていた。

午前十一時、入江家の門の前へ車をとめた。七十代と思われる女性が鉢植えの花に水をやっていた。照正の祖母の美代にちがいなかった。茶屋が声を掛けると、彼女は腰を伸ばして、

「久敏はきょうはおりませんよ」

といった。茶屋を、主人に会いにきた人だと思い込んだようだ。

「尋ねたいことがあってお邪魔しましたが、どなたかは……」

茶屋は玄関をのぞくような格好をした。

若い女性が茶屋の姿を見て外へ出てきた。歳格好から大学生の沙希だろうと思った。彼女は痩身《そうしん》で足が長い。茶屋をじっと見て首をかしげた。髪は黒か

った。

茶屋は名刺を渡した。

「なにかで、お名前を見たような気がします」

茶屋は、週刊誌だろうというと、

「そうそう、そうでした」

彼女はうなずいてから、旅行作家がなんの用事かという顔をした。

「照正さんが、ご不幸な目に遭《あ》われましたが、私はその事件に関心を持っています。バイクに衝突され命を落としたのに、加害者が未だ分かっていない。加害者は照正さんであることを承知で衝突した可能性がある。お身内の方には、加害者がどういう人かの見当《けんとう》がついていますか」

「父も母も、犯人についていろんなことをいっていますけど、見当は……」

彼女は悲しそうに首を振った。

「あなたは、市内の釜石という家の娘さんをご存じでしょうか」

「知りません。どういう娘さんなんですか」

「高校生でした」

「その人と照正がなにか……」

「お付き合いをしていたのではと……」

「親しい女の子がいても不思議ではありませんけど、どこのだれということを、うちの者は知りません。照正は黙っていたのだと思います。釜石さんという家の方は、娘さんと照正がお付き合いしていたことを、知っているのですか」

「うすうす知っていたようです」

「照正がその娘さんと親しくしていたことと、バイクの事件とは、関係がありそうですか」

「関係があるかもしれないと」

「どういうふうに関係が……」

「そこまでは」

分かっていないというように茶屋は首をかしげた。

「茶屋さんは、照正を死なせた加害者をさがしているんですね」

「そうです。加害者はわざと照正さんを死なせたようなんです。なぜかというと、バイクで衝突すれば被害者のからだに、タイヤの跡が残ることを知っていた。それでタイヤ痕《こん》から加害者が割り出されないように、タイヤに細工をほどこした可能性がある。目下《もっか》警察は、バイクのタイヤに細工をほどこした者をさがしているとか」

「過《あやま》って衝突したのではなくて、殺すつもりでバイクを……」

「照正さんの九月十四日夜の行動を知っていた人間です。だれが知っていたかを、考えたことがありますか」

「……殺された理由なんて」

暗い表情をしていた彼女が目つきを変えた。

「十月十八日の夕方、新東名高速道をバイクで走っていた人が、高架橋から落ちてきた物にあたって、大怪我《おおけが》を負いましたが、その事件をご存じでしょうか」

「新聞で読みました。橋の上から落ちてきた物は重い石の入ったドンブリだったそうですね。だれかがバイクに乗って走ってくる人を狙った疑いがあると、新聞には書いてありました。……まさか茶屋さんは、その事件と照正の事件は関係があるとでも」

「関係があるとみています。橋の上からドンブリを落とした人は、照正さんを殺した犯人を仕返しに殺すつもりで、凶器を落としたのではないかと。その凶器を受けて大怪我を負った人は、照正さんの事件とはなんの関係もなかった。ドンブリを落下させた人は、人ちがいで怪我をさせてしまったのではないかと」

「茶屋さんは、その事件のいきさつに詳しいですね」

「私は事件のとばっちりを受けている。それで関心を深めたんです」

紗希は、茶屋を不思議な動物でも見ているような表情をした。

「父と姉は、知り合いの家の引っ越しのお手伝いにいっていますけど、帰ってきたら、あらためてみんなで照正の事件について話し合ってみます。茶屋さんのおっしゃったことも参考にします。……茶屋さんは、照正の事件とは関係がないでしょ。とばっちりなんですか」

彼女は目を光らせた。話しているうちに茶屋の行動に対して関心を持ったようだ。

「橋の上から高速道路へドンブリを落とした人を、目撃したのではと、疑われているんです」

「ドンブリを落とした人を、見たんですか」

彼女は眉間《みけん》をせまくした。

茶屋は首を横に振って、気付いたことがあったら知らせて欲しいとだけいって、頭を下げた。

彼女はなにもいわず、身動きしなかった。

今夜、この家では家族会議をするだろう。沙希は、旅行作家の茶屋次郎が訪れ、照正の事件に関心を持っているといったが、もしかしたら照正にバイクをぶつけた人物を、さがそうとしているのではとでも話すのではないか。


茶屋は、釜石家へ寄った。きょうは日曜だからか喜八郎がいた。彼は座敷であぐらをかいて新聞を読んでいた。

千穂はわざとはしゃいだような声を出して、お茶をいれた。

「わたしは、あしたにでも函館へいってくるつもりです。菜々緒と秀一を坂寄さんにあずけっぱなしですので」

千穂がいった。彼女は秀一の顔を見たいのではないか。それと菜々緒が邪魔になっていないかが心配になっているのだろう。

「菜々緒さんの居場所は、だれにも知られていませんね」

気がかりなので茶屋はきいた。

「知られていないはずです。稲垣先生にも知らせるなといってあります」

習字の先生のことだ。

「茶屋先生は、バイクに乗って走行中に、大怪我をした人の事件を熱心にお調べのようですね」

喜八郎は咳払《せきばら》いをしてからいった。

「重大事件ですので」

「うちの家族は、事件とは関係ありません。一風変わった娘が一人いるだけです。先生は事件をお書きになるんでしょうが、事件と娘は関係がありませんので……」

彼は釘《くぎ》を刺すようないいかたをした。菜々緒の起こした事件をそのままにしておくことにしたようだ。

2

茶屋は、増穂で富士川に合流する笛吹川に沿って東へ走って甲府市へ入った。

二年ほど前のことだった。牧村と一緒に山梨県立美術館でミレーの絵を鑑賞した。「種まく人」の前には数人が名画を仰《あお》いでいた。農夫が独り、畑に種を播《ま》いているだけの絵である。

美術館を出てから入った居酒屋で牧村に、「あの絵がなぜ名画なのか分かりましたか」ときかれた。

「生真面目《きまじめ》で孤独な農夫。夕暮れ近いのに畑に種を播きつづけているひたむきな姿という構図が……」

というような感想を述べたところ、牧村は、茶屋の鑑賞の浅さを嗤《わら》った。茶屋は面白くなくなり、翌日は独りで「種まく人」の前へ立った。後日、

「あの絵の右上には、胡麻粒《ごまつぶ》のような黒い点がいくつも描かれていた。それは鳥だ。農夫が種を播き終えるのを待って、種を食べにくる鳥たちだ。農夫は自分の作業が徒労《とろう》に終わらないことを祈って、種を播きつづけている……」

牧村は、よく理解できたな、というように薄く笑

ったものだった。

きょうの茶屋は、甲斐善光寺を参詣《さんけい》することにした。好天の日曜のせいか参詣者は何人もいた。

赤い本堂の前で手を合わせた。いくつもの秘密を抱えている釜石菜々緒だが、難題をうまくくぐり抜け、罪を償《つぐな》ってくれることを祈った。

石の地蔵があっちにもこっちにもあったし、地蔵の群れもあった。その群れの前にひざまずいて、合掌《がっしょう》している中年女性がいた。

ここにも絵馬がぎっしり吊り下がっている。

〈おとうさん、いまどこにいるの。家族そろってスイカを食べたい〉

私も食べたい。

〈東大へはいれたら、百万円寄付します〉

お金持ちィ。

〈杖《つえ》無しで歩きたい。わたしもうじき十七歳〉

交通事故か。

武田《たけだ》信玄像を見て、中央自動車道で帰った。

駐車場へ車を入れて、事務所への階段を昇ろうとした薄暗がりへ、黒い影がぬっと前をふさいだ。

「茶屋次郎さんですね」

茶屋の身長は一七六センチだが、彼と同じぐらいの身長で肉付きのいい男が、野太い声できいた。茶屋が返事をすると、

「きょうは日曜なので、旅行作家もお休みなのかと思っていました」

「ご用は……。その前に名前を」

「私は富士宮市の矢吹宗太《やぶきそうた》といいます。大事な話をしなくちゃならないので、二時間ばかり前から待っていました」

茶屋は男を事務所に入れた。矢吹と名乗った男は四十歳見当だ。茶色のスーツを着ているがノーネクタイだ。眉《まゆ》は薄いが目は光っている。左の耳朶《みみたぶ》に金色のイヤリングを着けていた。

「なにをしている人ですか」

「会社員です。なぜ職業をきくんですか」

「初めて会うのに、なにをしている人なのか分からないでは」

「普通の会社員です」

「用事は」

「高速道路で大怪我をした新富伸行さんは、また入院しました。怪我のせいで、からだのあちこちに支障が出ているようです」

矢吹は、茶屋の反応をうかがうように目を据えた。

「それは気の毒です」

「彼は奥さんに出ていかれ、十代の娘が二人もいます。働けないので、生活に困っています。ですから助けてやってくださいよ」

「助けて、とは、どういう意味ですか」

「分かるでしょ。私は知ってるが黙っています。ですから、お金を出してやってください」

「知っているが黙っているとか、助けてやってとか、人ちがいをしているのでは」

「茶屋さん。とぼけないでください。十月十八日の夕方、新東名道の橋の上に立っていた人を車のなかから見ていたじゃないですか。私は、あなたともう一人が乗ってた車を見ているんです」

この矢吹が、茶屋の車を見てナンバーを警察に伝えたという男だろう。彼は大怪我を負った新富伸行の知り合いだったのか。それともそのとき、茶屋の車を見たので、入院中の新富を訪ねて二人は知り合いになったのか。

橋の上に立って、高速道を見下ろしていた人を見たといえば、事件を目撃した人として警察から詳しいことをきかれる。あるいは高速道へ凶器になる物体を落下させた人の共謀者とみられていそうなので、強請《ゆすり》に応じるものと読んで訪れたようだ。

「私はたしかに、あなたのいう日の夕方、高速道を見下ろしているらしい人を見たが、ただ見かけただけだ。私は事件とはなんの関係もない。あなたは私の弱みにつけ込もうとしているらしいが、私にはそんなものはない。だから、あなたの脅迫や要求には応じられない」

「ほう。強気ですね。あとで泣きをみても知りませんよ」

「怪我を負った人には気の毒だが、あなたは脅迫と強請の罪で引っぱられるよ」

「ちくしょう。作家は細い指でパソコンでも叩いているとみてたが、あんたは図太《ずぶと》いんだな」

矢吹宗太と名乗った男は舌打ちすると立ち上がった。「十月十八日のこと」といえば、茶屋はまちがいなく要求に応じるものとにらんで訪れたのだろうが、アテがはずれて悔しいらしい。

矢吹は、電車できたのか車できたのか、唾《つば》でも吐きたそうに口元をゆがめて、足音荒く事務所を出ていった。

彼は後日、べつのやり方を考えて茶屋のもとへ再びやってくる気がする。十月十八日の夕方、彼は高架橋から高速道へ凶器になる物を落下させた人を、茶屋たちが目撃したようないいかたをした。たしかに目撃しているが、他人はそれを見ていないはずだ。矢吹は、暗がりにとまっていた車に不審を抱いたので、車のナンバーをメモして立ち去っただけにちがいない。だから菜々緒がドンブリを落下させた瞬間を目撃してはいないのだ。したがって彼がこれから何度やってきたとしても、茶屋は高架橋の事件とは無関係で通すつもりだ。

3

昼少しすぎ、釜石千穂が電話をよこした。函館の坂寄牧場へ着いたところだといった。函館は寒いのではときこうとしたら、

「菜々緒はけさ、『急に大事な用事を思い付いたので、秀一をよろしく』といって坂寄の奥さんにあず

けて出掛けたということでした」

「どこへいったんでしょうか」

「分かりません。前の日にはなにもいわなかったのに、けさになって急に行き先を告げずに出掛けたそうです」

「函館には大事な用事はないのでしょ」

「ないはずと坂寄の奥さんはいっています」

もしかしたら菜々緒の大事な用事は、富士市かその付近に関係があるのではないか。

千穂は、身延町の実家へも、市川大門にいる妹のふさ絵にも問い合わせたが、菜々緒からはなんの連絡もないといわれたという。

「習字の先生には……」

「稲垣先生にも電話しました。菜々緒はきていないし、電話もないと」

千穂は夫にも電話をした。夫は、用事がすめば自宅へもどるだろうといったという。

「それから菜々緒がきたら、病院へ連れていくといいました。奇妙な行動をするし、気味の悪い絵を描くので、どこかを病《や》んでいるのではといいました。わたしも、菜々緒は普通の高校生らしくないので、一度大きな病院で見てもらおうかと考えたことがありました」

茶屋は千穂に、菜々緒には友だちや仲よしの同級生がいたかをきいた。

「同級生では一人か二人の名をきいたことがありましたけど、休みの日などに、一緒に遊ぶ人はいませんでしたから」

食事の時間以外、菜々緒は二階の自分の部屋にこもっていたという。千穂が、買い物や手伝ってほしいことを頼むと、そのときだけ手を貸すが、すぐに自室にもどることが多かった。その自室では、人間のあばら骨をしゃぶっている女や、太い蛇《へび》の胴に噛《か》みついている女の絵を描いていたのだ。両親は菜々緒を異常性のある娘とみていた。将来は画家の途《みち》をえらぶのではと想像した日もあったらしいが、妊娠を知ったときには夫婦して頭を抱えただろう。

中学でも高校でも、学校で異常性をみせたことはないらしく、教師から、注意喚起《かんき》の知らせが両親に届いたことはなかったという。

茶屋が千穂からきいたことだが、菜々緒の絵のうまさは血筋だろうと稲垣先生がいったことがあった。稲垣先生は菜々緒の祖父の今宮十郎を訪ねたことがあった。彼の彫った仏像を何時間も見ていた。そして千穂に会うと、「菜々緒ちゃんには、おじいさんの血が生きている」というようなことをいっていたそうだ。

茶屋は以前、ある大学の心理学を教えている教授から、「幼いときに異常体験をすると、長じてから特異な行動をする人が稀《まれ》にいる。青年になって、あまりに特異な事件を起こしたので、経歴を逆に追ってみたところ、六、七歳のとき近所の人に自宅を放火で焼かれ、その火災で姉を失った経験があった」ときいたのを思い出した。


函館の坂寄家にいる千穂に電話して、菜々緒は幼いときに異常といえるような体験をしているか、ときいた。母親にしかきけないことだ。

千穂は、「ううん」と唸《うな》るような声を出してから、あとで電話するといって切った。近くに人がいるからだろう。

十数分後、千穂が電話をよこした。

「本人にはいわないようにしていたことですけど、菜々緒も憶《おぼ》えていると思います」

千穂は前置きをした。重大な出来事ではないかと、茶屋はペンを固くにぎった。

「菜々緒が五歳の真夏のことです。いつものように保育園の送迎バスに乗っていきましたけど、菜々緒はバスの最後尾に乗っていたからか、運転していた人の目に入らなかったらしく、一人取り残されてしまったんです。保育園では菜々緒のことを、きょうはお休みかと思ったらしい。……午後一時ごろ、運転手がバスのなかへ忘れ物をしたのを思い出して、取りにいったんです。そうしたら菜々緒は乗降口近くに倒れていました。バスは炎天下の駐車場にとめられていたので、ドアや窓を閉めきった車内は、かなりの高温になっていたんです。すぐに病院へ運ばれましたので助かりましたけど、発見がもっとあとだったら……」

　彼女は話しているうちにその出来事を鮮明に思い出し身震いでもしたのか、気分が悪くなったといって電話を切った。

　菜々緒は五歳のときの事件を憶えているだろうか。五歳であれば暑さのために死ぬのではという感覚はなかったかもしれないが、ドアも窓も開かなかった恐怖は、胸のどこかに滞っていそうな気がする。

「もうひとつ憶えていることがあります」

　千穂はまた数十分後に電話をよこした。

「菜々緒が小学校三年生のときでした。日曜に同級生に会いにいくといって歩いていました。すると知らない顔の男の子が、ゴムカンといって木の股にゴム紐を張った遊び道具に、小さな石をはさんで、地面をつついている鳩を撃っていたんです。その小石のひとつが菜々緒の右目の横にあたりました。いまでも右の眉毛が少し短い。それはそのときの怪我の痕《あと》です。……菜々緒は血を流して帰ってきました。近くの医院で治療してもらいましたけど、怪我の痕は消えませんでした。お医者さんは、石が目にあたっていたら失明だったといいました。……菜々緒とわたしは、ゴムカンを撃った子の家をさがしましたけど、分かりませんでした」

　千穂は、朝起きるたびに菜々緒の顔をのぞいた。怪我の痕は紫色から黄色に変わり、次第に白っぽくなっていったという。


　十二月二日、茶屋はいつものように事務所へ出ると、デスクに置かれている朝刊を開いた。社会面の下段に〈バイクの人に石つぶて〉というタイトルの記事があった。

〈一日、午後五時四十分ごろ、沼津市の角田直高《かくたなおたか》さん（三十八歳）がバイクを運転しての帰宅途中、何者かが投げた石を顔にうけて転倒。対向車にも接触して怪我をし、救急車で病院へ運ばれたが重傷。警察は角田さんを狙って石を投げた者がいるとみて捜査している〉

「沼津市、時刻、バイク、投石」

茶屋は新聞を開いたままつぶやいた。

「どうしたの。新聞に自分の名でも……」

パソコンの前からサヨコが立ってきた。

「新富伸行という人の事件と共通点がいくつか」

「どういうふうに」

「午後七時四十分ごろ、バイクを運転。それから沼津市」

サヨコは茶屋を見ながら首をかしげた。ハルマキがサヨコに並んだが、新聞に目を落とした。

「新富伸行は、沼津市の勤務先を出て、午後五時半すぎに新東名高速道の富士市岩本をバイクで通過しようとしたが、高架橋から落下した物があたったのが原因で大怪我をした。だがそれは人ちがいによる災難だった。危険物を落下させた犯人は、バイクの人を、角田直高だと思い込んでいたんじゃないか。これまで調べたデータにそのバイク事件の条件は合っていたからだ」

茶屋は、宙の一点に目を据えた。

「高架橋から危険物を落とした人は、新富さんをてっきり角田さんと……」

サヨコは腕組みした。

「角田さんの住所は富士宮市じゃなくて沼津市じゃないですか」

「新富さんの事件を知って、角田は沼津市へ転居したということも考えられる。角田は何者かに生命を狙われているのを感じ取っていたんじゃないかな」

「なぜ、生命を狙われていたの」

サヨコは一歩、茶屋のデスクに近寄った。

「私は、入江照正事件に関係があるんじゃないかとみているんだ」

「入江照正って、九月の半《なか》ばに、友だちの家へ将棋を指《さ》しにいって、その帰り道に、バイクに衝突されて亡くなった人ね」

「そう。警察は入江照正のからだに刻印されたタイヤ痕から、加害者を特定しようとしているらしいが、まだたどり着けない。加害者はどうやら、タイヤの溝に細工をして、特定されないようにしているという見方をしている人もいる」

入江照正と菜々緒は男女の関係だった。


函館にいる千穂から茶屋に電話があった。

「菜々緒がもどってきました。どこでなにをしていたのか知りませんが、とても疲れているようなんです」

菜々緒はすぐに秀一を抱いて、いまは一緒に眠っているという。

千穂の話だと菜々緒は、富士市の自宅にも、身延の今宮家にも、市川大門のふさ絵の家にも立ち寄らなかったようだ。すると三日ほどどこでなにをしていたのか分からないということになる。なにかの目的があって出掛け、その目的を果たすことができたのでもどってきたのか。

千穂の話だと、函館へもどってきた菜々緒は、ひどく疲れているようだという。彼女は秀一を抱いて眠っているというが、どんな夢を見ているのだろうか。茶屋は無性《むしょう》に菜々緒に会いたくなった。

「函館へいってこようかな」

「函館には富士川は流れていないよ」

サヨコだ。なにしにいくのか、と彼女がきいた。

「菜々緒に、どこへ、なんの用事があっていってきたのかをきいてみたい」

「きいても答えないと思う」

「角田直高という男を、知っていたかってきいてみる」

「それも答えなかったら……」

「彼女の表情をみれば分かることもあるだろう」

「表情だけでは。……それとも、彼女はだれかに助けを求めているかもね。もしかしたら、悩んでいることがあって、それをだれかにきいてもらいたいって思っているかも」

「親には話せないが……」

茶屋は天井を向いた。菜々緒は確実に罪を犯している。人ちがいで新富伸行という人に大怪我を負わせてしまった。だがそれを黙っている。自白すれば、なぜ犯行におよんだかを明白にしなくてはならない。彼女の殺人未遂が世間に知られたら、父親の事業にも影響がおよぶかもしれないし、母親も人目を気にしながらスーパーで買い物をしなくてはならないだろうし、妹は学校へいきたくないといい出しそうだ。

そして、本当に狙っていた人物を襲う機会を奪われてしまう。

警察は新富が被害に遭った事件との関連に気付いて、その事件についても追及するにちがいない。

茶屋は窓を開けて、ビルのあいだを旋回している鳩の群を眺めていたが、重大事件を起こした十八歳の女性の今の表情を見たくなった。

彼女は子どもを産んだ。どんな顔をして乳を与えているのだろうか。子どもに牛を見せて、なにを教えているのか。

茶屋は思いたつとじっとしていられなくなる性分だ。ロッカーから旅行鞄《かばん》を取り出した。

サヨコとハルマキは、冷たい目をしている。

4

茶屋は函館空港に着いた。タクシーの運転手に坂寄牧場と告げた。そこは松倉川《まつくらがわ》の上流だと教えられた。タクシーはトラピスチス修道院の近くを通り、ゴルフ場の脇を抜けた。森林のなかには雪が積もっていた。森林帯を通過すると、こんもりと丸い山が二つあらわれ、その山のあいだを抜けると牧場があらわれた。

坂寄家は、二重の塀のなかにあって、母屋《おもや》の裏側が牛舎で、その後ろはゆるやかな斜面だった。

茶屋は、坂寄鉄造に挨拶《あいさつ》すると、牛舎を見せてもらった。牛たちは通路の両側から珍しい客を見つめた。なかには首を伸ばしてきた牛もいた。

牛舎の奥から重そうなバケツを提《さ》げてきて、そのなかでなにかを洗っている女性がいた。近寄ると菜々緒だった。作業衣の彼女は少し身長が伸びたように見えた。茶屋に頭を下げたが笑顔は見せなかった。

「きょうは、父もこちらへくるそうです」

彼女はそういうとしゃがんで作業にもどった。

茶屋は、二、三分のあいだ彼女を見ていたが母屋へ入った。

「寒いでしょ。どうぞこちらへ」

といったのは坂寄の妻だった。小太りの彼女はダウンのベストを着ていた。

「秀一君は」

「眠っています」

彼女は笑ってふすまのほうを向いた。

彼は足音をしのばせて秀一に近寄った。

薄い髪の赤子は眠っていた。丸い頰《ほお》をつつきたいくらいだった。

茶屋がストーブの前へすわったところへ、喜八郎が到着した。茶屋がいたので目を丸くした。

人声をきいたからか、ふすまの向こうで秀一が泣きはじめた。膝《ひざ》を立てたのは喜八郎だった。彼は秀一を抱き上げた。赤子に笑顔を向けるかと思ったが、彼の表情は曇っていた。

一時間あまり経《た》つと、牛舎での作業を終えた坂寄の二人の娘が母屋へきて、喜八郎と茶屋に挨拶した。五、六分遅れて菜々緒がストーブの前へやってきた。秀一は坂寄の妻に抱かれて出てきて、菜々緒の胸へ移された。坂寄の二人の娘は、左右から細い目をして秀一の顔をのぞいた。今日子《きょうこ》と日出子《ひでこ》という名だった。二十四歳と二十二歳だという。二人は毎日、十七歳で子どもを産んだ菜々緒を観察しているのだろう。一緒に食事をしながら、どんなことを話しているのか。

坂寄牧場には若い男性従業員が二人いた。二人は手を洗うと、厚いコートを小脇に抱えて、母屋へ入って帰りの挨拶をした。二人は一台の車に乗っていくらしかった。坂寄鉄造は大きい声で、「ご苦労さん。気をつけて帰れよ」といった。

今日子と日出子が手伝って、わりに広い食堂へ食事の準備がととのった。坂寄の妻は背を丸くして、湯気の立ちのぼる鍋を二か所に置いた。スキ焼きだった。茶屋と喜八郎は鉄造からビールを注《つ》がれたが、そのグラスは大きかった。

茶屋はビールを一杯飲み干すと日本酒をもらうことにした。

坂寄は毎晩、日本酒を五合飲むといった。

菜々緒の父親の喜八郎は意外なことを口にした。

「菜々緒を外国へいかせようと思っているんです」

「外国へ……。そりゃどこのこと?」

鉄造がきいた。

「ニュージーランドに、親しい人がいるんです。日本人です」

「ニュージーランドのどこ」

「アカロアという町で、クライストチャーチの中心部から八〇キロぐらいの港町です。フランス人によって開拓された町で、現在もフランス色が残っています。友人は桐島《きりしま》という名で、彼はニュージーランドが好きになって、何度もいっているうちに知友もできて、住みたくなったんです。現地の人に案内されていったアカロアに、レストランを兼ねたホテルがあったのですが、経営者が高齢になって、それを手放したくなった。その話をきいた桐島はホテルの経営者に何度か会って、ホテルとレストランを譲り受けることにしたんです」

茶屋は一度だけニュージーランドを訪ね、クライストチャーチに五日間いたことがある。その間にアカロアの地名をきいた気もするが、どんなところかは知らなかった。

桐島という人はアカロアへいって、小高いところに建っているホテル兼レストランを入念に見て、そのホテルに宿泊したのだという。朝は眼下《がんか》の港を出てゆく白い船やヨットを眺めていた。

彼は決心をかためた。妻と息子と娘を連れてアカロアへ移住したという。丘の上に建つホテルを買い取ったのだった。息子と娘はクライストチャーチに住まわせて学校へ通わせ、現地の女性を一人雇って、一時休業していたホテルとレストランを再開させた。毎朝、小舟で魚を獲って、それを客に出した。繁昌《はんじょう》とまではいえないが、何日間か滞在する客もいて採算はとれていたらしい。

息子と娘が学業を終えて、ホテルとレストランの事業に従事するようになった。

「釜石さんは、アカロアのそのホテルを訪ねたことがあるんですね」

茶屋がきいた。

「二度いきました。一度は家内と一緒でした。家内はそこをすっかり気に入って三泊しました」

娘はまだいったことがないという。連れていけば気に入ると思う、と喜八郎はいった。

「いまニュージーランドは、夏ですね」

茶屋がいった。

「ええ。ホテルの周りには、花がいっぱい咲いていましたよ」

鉄造は、酒をちびりちびり飲《や》りながら喜八郎の話をきいていたが、なにもいわなかった。

茶屋と喜八郎は、牛舎と舎外へ追い出された牛たちを一時間ばかり見てから、今日子に車で空港へ送ってもらった。喜八郎は車窓に映っている雪景色を見て、「北海道は寒い」といった。飛行機に乗ってからも同じことを口にした。冬が嫌いなのかと茶屋は思った。

南半球のニュージーランドも冬は寒い。南島のカンタベリー平野のクライストチャーチへは、サザンアルプスからの乾いた強い風が吹くし雪も舞う。太平洋岸のアカロアは暖かい土地なのだろうか。

茶屋と喜八郎は、アカロアに関しては一言も喋《しゃべ》らず羽田に着いた。二人は、

「じゃあまた」

といって、タクシー乗り場で別れた。

茶屋は事務所に着いた。

「あら……」

サヨコがパソコンの横へ顔をのぞかせた。

「なにが、あらだ」

茶屋はサヨコをにらみながら椅子に腰掛けた。

「函館には四、五日いるものって思っていました」

「どうして、四日も五日もいるなんて思ったんだ」

「函館は見物したくなるところがたくさんあるでしょ。函館山からの夜景は、ナポリ、香港と並んで、世界三大夜景のひとつっていわれているじゃないですか。冬の夜景は一段ときれいだと思う。わたし、函館の真冬の夜景を見たことない」

「私は函館へ遊びにいったんじゃない」

茶屋は函館の坂寄家できいた釜石喜八郎の案を二人に話した。

茶屋のデスクの中央には封書が一通置かれていた。差出人は富士宮市の新富伸行だった。その住所は富士宮市内の病院になっている。

表書きの字も手紙の文字も、震える手で書いたらしくゆがんでいて、読みづらい。

〈私はふたたび入院しました。私には、中学生と小学生の子どもがいます。私は水産会社に勤めていましたけど、出勤しないかぎり給料はもらえません。これまで働きづめでしたが、たくわえはありません。ですから茶屋さんにお願いです。お金を貸して

ください。働けるようになったら、少しずつ返しますので、いまは助けてください。お願いします〉

手紙を封筒に収めると、茶屋は椅子を回転させて窓を向いた。手紙は矢吹という男の差し金だろう。新富を援助してやるべきかを迷った。金を出せば、十月十八日の夕方、高速道をまたぐ高架橋に立っていた人が、持っていた物を落下させた瞬間を目撃したことをみずから証明するようなものだった。

事実目撃者なのだからそれを認めてもいい。ただ、高架橋上に立っていたのがだれだったかは口外できなかった。共犯の疑いをかけられるだろうが、どこのだれを見ていたのかは絶対にいわないつもりだ。

茶屋は銀行へいった。自分の預金口座から二十万円引き出した。

富士宮市の病院へ電話して、新富伸行の入院を確かめた。彼は入院していた。新富の素朴《そぼく》で一途《いちず》そうな顔が浮かんだ。手紙に書かれていた銀行の口座番号に振り込みをした。新富からはまた手紙が届くだろうと思った。

灰色の冬空を見上げながら事務所へもどると、サヨコとハルマキが茶屋のデスクの前へ立った。二人とも眉を吊り上げている。

「さっききいた話だけど」

サヨコがにらみつけるような目をした。

「さっきの話って、なんだったか」

「菜々緒さんを、ニュージーランドのなんとかという港町へいかせるっていう話」

「ああ、喜八郎さんの考えだ」

「それ、ダメ。やめさせて」

二人は口をそろえ、茶屋に抗議するようないいかたをした。二人はどうやら、茶屋のいない間に話し合っていたらしい。

「喜八郎さんは、娘と孫を、どうして飛行機で十時間も十一時間もはなれた外国へ、いかせたいの」

サヨコだ。

「菜々緒がやったいろんなことを、人に知られたくないからだろうよ」

「そんなの卑怯《ひきょう》だよ。言葉も通じないところへいかせるなんて」

「そうよ。娘と孫を棄てるみたい」

ハルマキが一歩デスクに近寄った。

「遠くはなれれば、よけいに心配じゃないの。菜々緒さんになにかあっても、すぐには駆けつけてやれないのよ。……先生は、すぐに富士市へいって、喜八郎さんに会って、娘と孫を外国へなんか送るんじゃないって、いってあげて。……菜々緒さんのお母さんは、喜八郎さんの案に賛成しているのかしら」

サヨコは拳をにぎった。

「夫婦で話し合ったと思うが」

茶屋の声は細くなった。

「わたしは、菜々緒さんを函館へいかせたのもいいことだとは思わない。釜石さん夫婦は、世間体を気にかけて、菜々緒さんを隠すようにしているみたいだけど、それもいいこととは思えない。富士市の家で家族が一緒に住んで、赤ちゃんの面倒をみんなで見てやればいいじゃない。菜々緒さんのことは、近所で一時は評判になるでしょうけど、月日が経てば、それほど気にするほどのことじゃなくなると思う。……菜々緒さんて強い人だと思う。子どもを産む決心をしたんだもの」

サヨコはまるで、富士市の釜石家へ駆けつけて、夫婦を説得したがっているようだ。

「うーん。世間体も大事だが……」

茶屋は腕組みして椅子を回転させた。

釜石夫婦の気持ちは揺れていると思う。喜八郎は人一倍世間体を気にする人なのだろうか。千穂のほうはどうなのか。彼女はほんとうのところ、毎日、孫を抱いていたいのではないか。菜々緒の数々の行為に心を痛めながら、相談相手になっていたいと思っているような気がする。

茶屋は、いつも遠いところを見ているような目をした菜々緒の顔を思い浮かべた。彼女は、自分が気ままな性分であるのを承知しているようだ。子どもを産んでみたかったので産んだ。ところがこのことは、家族にとっても重大な出来事になった。家族は気ままな行為をする者とは一緒に住んでいられないとして、遠ざけようとしている。彼女はそれに気付いていそうな気がする。父が、ニュージーランドへいけといえば、黙ってそれに従うかもしれない。

5

翌朝、茶屋は、サヨコとハルマキに背中を押されるようにして、富士市の釜石家を訪ねた。

「あら、茶屋先生。きょうも取材ですか」

千穂が出てくると明るい声でいった。きょうの彼女の髪は短くなっていた。美容院で思い切って短くしたようだ。

「コーヒーを出しますので、どうぞ」

彼女は微笑したが、どこか寂しげに見えた。茶屋の気のせいか菜々緒についての心配が、いつも付きまとっているようだ。

彼女は青いカップでコーヒーを出すと、茶屋の正面へすわった。茶屋が話があって訪れたのを察したようだった。

「じつは函館で、ご主人から、菜々緒さんをニュージーランドへいかせるという話をうかがいました」

「主人はそれが一番だと考えています。アカロアは気候のいいところだし、食べ物もおいしい。日本にいるより周りを気にする必要がないしといっています」

「奥さんは、賛成ですか」

「遠くはなれて、寂しくなると思いますけど、菜々緒のためにはそれがいいようにも思います」

「菜々緒さんのためにはならないでしょう」

「えっ……」

彼女は大きな目をした。

茶屋は、サヨコとハルマキが、菜々緒のニュージーランド行きを反対していることと、自分も彼女らの意見に賛成する気になったと話した。

「まあ、わたしどものことを、そんなふうに気にかけてくださって……」

千穂は目を伏せると、「じつはわたしも、菜々緒を遠くへやることには、気がすすまないのです。主人は、菜々緒のためにといっていますけど、ほんとうにあの娘のためになるかが心配なんです」

彼女は膝の上で手を揉《も》むように動かした。

「ご主人は、世間の目を気になさっているんです。菜々緒さんのことを、なにを考え、なにをやりだすか分からないので、冷や冷やしているんじゃないでしょうか。菜々緒さんが、一般の人がやらないようなことをしたら、ご家族は、彼女をやさしく見守ってあげることです。……世間の目は気になるでしょうけど、ご家族が平然として、仲よく暮らしていれば、世間はそれに馴《な》れ、冷たい風を送るようなことはしないでしょう」

電話が鳴った。千穂は目を覚ましたような顔になって電話に応じた。

千穂は、「はい、はい」と返事して電話を終えると茶屋の前へもどった。

「書道の稲垣先生からで、画商の方に菜々緒が描く絵のことを話したら、その絵をぜひ見たいといっているそうです」

「それはいいことでは」

千穂は函館にいる菜々緒に電話した。先《ま》ず、ときいた。

「秀一は元気なの」

菜々緒は、変わりはないと答えたようだ。

千穂は、稲垣先生からの電話の内容を伝えた。菜々緒は承諾したようだった。それから、函館へきてから描いた絵が一点あるといった。

「どんな絵?」

母親は娘の描くものを怖がっているようだ。

娘は、函館で描いた絵をメールで送ってよこした。

「まあ……」

送られてきた絵の画面を茶屋に向けた。三日月に眠っている赤ん坊が抱かれていた。死骸の骨をしゃぶったり、太った蛇の胴に嚙みついている醜女《しこめ》を描いた人の絵とは思えない安らかさがあった。

笑顔になった千穂は稲垣先生に、菜々緒が承諾したことを伝えた。画商はあしたにも天才少女が描いた絵を見にくることだろう。

「茶屋先生」

あらためて名を呼んだ千穂の瞳はうるんでいた。

茶屋は、画商が菜々緒の描いた絵を見る顔を見たかった。画商は、無名の人の絵が売れるか売れないかを判断するだろう。彼がたまにのぞく東京・銀座《ぎんざ》の画廊には、春の草花のなかにうずくまってほほ笑んでいる少女の絵がある。いつ見てもその少女は愛らしいが、その絵は何年も同じ場所に架かっている。その少女はお嫁にいかないのだ。売れ残っているのである。

きょうの茶屋は、浅間大社の北にある湧玉池《わくたまいけ》を見にいった。富士山の雪解け水が、湧出している。清水が湧出している水源の岩上には、朱塗りの水屋神社が建っていた。水に手を入れてみた。指がちぎれるほど冷たいものと思っていたが、逆に温かみがあった。

身延町の今宮家へ寄ることにした。作業場からはきょうも鑿《のみ》の頭を叩いているらしい音が洩《も》れていた。

作業場の戸を三〇センチばかり開けて、十郎に頭を下げた。きょうは彼の前に坊主頭の若い男がすわっていた。どうやら十郎の仕事を見ているようだ。

茶屋は十郎の横へ膝をつくと、

「お弟子さんですか」

ときいた。

「いや、お客さんです」

お客といわれた二十代に見える男は正座して、

「榊原《さかきばら》です」

と名乗った。

「榊原さんは変わったお客さんでね。私に鍾馗《しょうき》を彫ってと注文しました。私が彫りはじめると、毎日ここへきては仕事を見ているんです。……なぜ鍾馗かというと、お母さんの病気がなかなか治らない。そこで疫鬼《えきき》を退《しりぞ》け魔を除くといわれている鍾馗を、枕元へ置いてやりたいといって」

珍しく古風な人だ。それにしても、毎日、十郎の仕事を見ているとは変わり者だ。学生なのかなにかの職業に就いていないのか。もしかしたら彫刻家になりたくて、十郎の腕を観察しているのではないか。

十郎が彫っている鍾馗の高さは三〇センチほどだ。右手は剣のような物をにぎり、左の腕は頭の上へ突き上げている。顔はまだ出来ていないが、何日か後には黒い髭《ひげ》をたくわえるだろう。

「きょうはここまで」

十郎は胸や膝の埃《ほこり》を両手で払った。

「ご苦労さまでした」

榊原は十郎に頭を下げると、箒を手にした。弟子と同じだ。住まいは遠方なのかと茶屋がきくと、富士市内だといった。

「この人のお父さんは、自動車の精密部品の工場をやっていて、兄さんと姉さんが作業員として働いている。ほかに従業員が何人かいるらしい」

十郎は、後片づけをしている榊原を見ながらいった。

茶屋は、宝塔《ほうとう》を捧《ささ》げた毘沙門天と薬壺《やっこ》を持った薬師如来に向かって合掌してから、母屋へ移った。

千穂の母の冬美は、

「菜々緒のことでは、お世話になっております。あのような娘ですけど、わたしにとっては可愛い孫なんです」

彼女はそういいながらお茶を出した。

人々が夕食の支度《したく》に取りかかるころになったので、茶屋は腰をあげ、鍾馗が出来上がったころまた邪魔をするといった。

十郎は茶屋になにかを語りかけようとしたが、視線を外した。十郎が口にしかけたのは菜々緒に関することにちがいない。彼は娘の千穂から菜々緒を海外へいかせたいという話をきいているのだろう。茶屋は十郎夫婦からその話を持ちかけられても、断固として反対だなどとはいえなかった。

日が暮れると風が出てきて、木々を騒がせるようになった。笛吹川に沿って北上し、甲州街道に入った。スーパーかコンビニを見つけたら食べ物を買うつもりで走っていた。

勝沼《かつぬま》ぶどう郷《きょう》駅を越えたところで川を渡った。橋の中央部に立っている一人の子どもの姿を認めた。独りでだれかを待っているようにも見えた。冷たい風の吹く夕暮れに、子どもが橋の上に立っているのは不自然だった。

茶屋は車をとめた。子どもは二、三歩車に近寄った。四、五歳の男の子だ。帽子をかぶっている。

「だれかを待っているの」

彼は車を降りて子どもにきいた。すると子どもはポケットから白い紙を取り出した。それは便箋《びんせん》のようで四つにたたまれていた。

子どもを車に乗せてから便箋を開いた。

〈この子の名は快斗《かいと》です。来年の三月七日で五歳になります。

わたくしはある事情があって遠いところへいかなくてはなりません。それに子どもを連れていけないのです。役所へ相談すればわたくしの身元を明かさなくてはなりません。ひきょうですが、それができないので置いていきます。申しわけありません〉

「棄てられたのか」

茶屋は思わずつぶやいた。「快斗君っていうんだね」ときくと、彼は上目遣いでうなずいた。コートのポケットに手を入れると札をつかみ出した。二千円だった。

「お腹がすいているだろ」

快斗はこっくりをした。丸顔で目が大きくて眉尻がはね上がっているハンサムだ。着ている物はわりに上質である。

「君のお母さんが、これを見せなさいっていったんだね」

快斗はうなずいた。

「なにか食べにいこう」

茶屋は快斗と出会った場所をメモしてから、彼にまた聞いた。

「あそこに何時間も立っていたの?」

「暗くなってから」

快斗の声を初めてきいた。
五、六分走ると「うどん、そば」という太字の看板を見つけた。快斗の手をつかんでその店へ入った。
「なんでも、食べたいものをいいなさい」

茶屋は濁りのない男の子の目にいった。

「ごはん」

若い女店員が出てきた。彼女は快斗の顔をじっと見ていた。知っている子どもかときいたが、女店員は首を横に振った。

どんなご飯がいいのかをきくと、ただ、「ごはん」と繰り返した。この子は朝から食事を口にしていなかったのではないか。

茶屋は、天ぷらとご飯を二人前オーダーした。

快斗はコップの水を飲むと、コートのポケットから茶色の人形のようなものをつかみ出した。それは高さが五センチほどの猫の縫いぐるみだった。彼はその猫を正面に置いたり両手ではさんだりした。

女店員が小皿にピーナッツを盛って、快斗の前へ置いた。快斗は茶屋の顔に、「食べていいか」と目できいた。行儀のいい子に見えた。

ご飯と天ぷらと味噌汁がテーブルに並んだ。快斗は箸《はし》を持つとご飯だけを口に運んだ。皿に盛られた天ぷらを珍しそうに見ていた。揚げたての天ぷらを見るのは初めてだったのではないか。

　茶屋は快斗を車の助手席に乗せた。警察へいって事情を話して、あずけることを知らないわけではなかったが、自宅へ連れていくことにした。快斗は車に乗ると、十分とたたないうちに目を瞑《つむ》った。知らないおじさんの車に乗せられているのを忘れてしまったようだ。

　茶屋の自宅は目黒《めぐろ》区祐天寺《ゆうてんじ》のマンションだ。

　眠っている快斗を起こして風呂に入れた。湯槽《ゆぶね》に二人で浸《つ》かった。快斗は少し痩《や》せているのではないかと思った。

「お母さんと一緒に、毎日、お風呂に入っていたんだろ」

　茶屋は快斗の背中を洗ってやりながらきいたが、彼は返事をしなかった。

　テレビで気象情報を見た。あすは曇りで関東地方の北部では小雪が舞うだろうといった。

五章　追憶の岸辺

1

茶屋は、曇り空の下を快斗と手をつないで事務所へ入った。

「あらっ、可愛い子。どなたのお子さんなの」

サヨコが目を丸くして椅子から立ちあがった。

「ゆうべ、勝沼の近くの橋の上で」

「橋の上って、高速道路をまたぐ橋の上」

「いや、川だ。水が流れている川の橋だ」

茶屋はポケットノートを開いた。

〈葦良川《あしよしがわ》のなみだ橋〉とメモしてある。

「まさか、誘拐して連れてきたんじゃないでしょうね」

「そんなわけないだろう」

「先生の知り合いの人の子？」

茶屋は、快斗が持っていた便箋《びんせん》をサヨコとハルマキに見せた。

「橋の上で子どもを見つけたら、すぐに警察を呼ぶべきだったんじゃないですか」

なぜ連れてきたのかと、サヨコは責めた。

サヨコは快斗の全身を見まわした。

「それは分かっていたが、腹をすかせているようだったんで、一緒に飯を食べたんだ」

「そんなことを。かえって罪だよ」

「快斗君っていうのね」

ハルマキは快斗の前へしゃがんだ。

「これから届出したら、なにか魂胆《こんたん》があって連れてきたんじゃないかって、腹をさぐられますよ」

サヨコは茶屋をにらんだ。

「それも分かっている。だが、寒い風の吹く橋の上に立って、だれかを待っているような姿を見たら、ほうっておいて警察まかせにはできなかった」

ハルマキは快斗にフルネームをきいたが、彼は答えられなかった。

ハルマキは、快斗にきょうだいがいるかもしれないといってきいた。が、彼は首を横に振った。

「快斗君が立っていたところと、住んでいたところは、そうはなれていないかも。彼を連れて聞き込みすれば、住んでたところが分かるかも」

サヨコだ。

「それよりも警察へ届けたほうがいいよ。親が子どもを置き去りにしたのを後悔して、どこにいるかをさがすかもしれない」

ハルマキがいった。

「茶屋次郎は、道端に立っていた可愛い顔の男の子を見て、そばに置きたくなったので、連れ去った、と警察は判断するかもね」

サヨコは冷たい声を出したが、快斗の頭を撫《な》でた。

ハルマキは牛乳を温め、少し砂糖を加えて快斗の前へ置いた。

快斗は、ここはなにをするところなのかと思ってか、事務所内を見まわしている。サヨコの横をはなれると、パソコンの画面をのぞいたり、参考書がぎっしり詰まった書架の前へ立ったりした。

茶屋は小一時間、快斗を観察していたが、

「いつまでも、ここに置いておくわけにはいかないな」

と、サヨコのほうを向いていった。

「そうですよ。情も移るし、快斗君のためにもならないと思う。……相談できる警察官か福祉関係の人は」

渋谷警察署生活安全課の長持《ながもち》係長を思い付いた。電話した。「すぐ伺います」長持は茶屋の短い説明をきくとそういった。
十五、六分経《た》つと長持は四十歳見当《けんとう》の小森《こもり》と名乗った女性警官と一緒に茶屋事務所へやってきた。快斗は、ハルマキが買ってきたキャンディを一つ口に入れ、赤い箱を眺めていた。

長持と小森は、快斗を五、六分観察してからソファへ腰掛けた。

茶屋は二人に、橋の上に立って人待ち顔をしていた快斗を見かけたときからの顚末《てんまつ》を細かく話した。

「すぐに警察に知らせるべきでしたが、腹をすかしているようでしたので……」

「分かります。寒空の下に立っている子どもを見たら、素通りできませんもの」

小森はいって、快斗に歳をきいた。快斗は茶屋の顔を見てから、四歳だと答えた。答えると茶屋の背中に隠れるような格好をした。

「茶屋さんは、子どもが好きですか」

長持がきいた。

「特に好きというほどではありません」

「快斗君は、茶屋さんになついている。安心できる大人《おとな》だとみたのでしょうね」

「知らないおじさんだったのに」

サヨコが横から口を出した。

「児童相談所と話し合いをします。それまでこちらで」

小森がいった。

長持と小森は、快斗に手を振って出ていった。

ハルマキは快斗を連れて買い物に出掛けた。

「まるで母子《おやこ》みたい」

サヨコは笑った。

三十分ほどして二人はもどってきた。デパ地下からスーパーでの快斗の様子をハルマキにきくと、

「馴《な》れていないみたい。わたしのコートの袖《そで》をつかんで、周りをきょろきょろ見まわしていた。お母さんがスーパーへなんか連れていかなかったのか、それともスーパーのないところに住んでいたのかしら」

茶屋は、富士川の取材中に、母親に置き去りにさ

れた四歳の男の子のことを原稿に書いた。

茶屋は栗の入ったご飯の弁当。快斗はサンドイッチ。サヨコとハルマキは、それぞれが持ってきた弁当を食べた。

「どうだ、旨《うま》いか」

茶屋が黙々と食べている快斗にきいた。すると快斗はハムをはさんだサンドイッチ一つを茶屋の前へ置いた。

「全部食べていいんだよ」

快斗はサンドイッチを一つ残して、水を飲んだ。食の細い子だ。

「たくさん食べないと、大きくなれないぞ」

茶屋はいったが、快斗は椅子を立ってハルマキになにかいった。彼はジュースを飲みたかったらしい。

ハルマキは冷蔵庫からオレンジジュースを出した。快斗はグラスを両手で持って、ジュースを旨そうに飲んだ。


食事を終えると快斗は応接セットへいき、ポケットから小さな猫を取り出して、それに向かってなにかを語りかけた。

午後五時。児童相談所の女性職員が電話をよこした。子どもをあす引き取りにいくので、今夜はそちらで保護していてもらいたいといわれた。

午後六時になった。

「快斗君を、今夜はわたしが家へ連れていく」

サヨコが快斗を手招きした。快斗はソファにすわって動かない。

「わたしが連れていくよ。うちの母は子ども好きだから、よろこぶと思うの」

ハルマキだ。

快斗は、縫いぐるみの猫をポケットにしまうと、茶屋に駆け寄った。目を吊り上げてペンを持っている彼の右腕をつかむと、嚙《か》みついた。

それを見てサヨコが立ち上がった。ハルマキは二、三歩、茶屋に近づいたが、唇《くちびる》を震わせた。瞳が光った。快斗は、サヨコの家へもハルマキの家へも、いきたくないのだと分かった。

茶屋は、快斗の頭をかかえた。

「快斗君は、もしかしたら、お父さんにも置き去りにされたのかも」

サヨコは快斗の豹変《ひょうへん》ぶりを見て、首をかしげた。


茶屋は快斗と手をつないで、すし屋へ入った。

「いらっしゃい。あれっ、きょうはお若い方と。……先生にはお子さんがいらしたんですか」

主人は細くした目で快斗を見つめた。

「知り合いの子だ」

快斗はガラスケースのなかの魚の切り身を、珍しげに見ている。こういう店へ入ったのは初めてなのか。女性店員が子ども用の補助椅子に快斗をすわらせた。

「食べたい物があるか」

茶屋がいうと、快斗は考え顔をしていたが、黄色い物を指差した。玉子焼きだった。彼の知っている物はそれだけらしい。

タイとマグロの刺し身を半分にちぎって皿にのせてやった。快斗は手づかみで刺し身を口に入れた。食べているうちに、かつて食べたことのあったのを思い出してか、透明に近い色のエビを指差した。それもちぎって与えると、盃《はい》を持っている茶屋の顔を見てにこりとした。生のエビが旨かったらしい。

ウニといくらを与えたが、両方とも口に合わなかったようだ。

快斗を観察していた主人は、小さな塩むすびを握った。快斗はそれを旨そうに食べた。

女性客が三人入ってくると、快斗はその人たちの顔をじっと見ていた。

茶屋は、銚子二本で切り上げた。快斗があくびを二つつづけたからだ。

今夜も一緒に風呂に入った。首まで湯に浸《つ》かって、歌をうたいなと茶屋がいうと、快斗は壁に絵でも描くような手つきをした。が、急に泣きはじめた。大粒の涙をこぼして、声を上げて泣いた。母親と一緒に風呂に入ったのを思い出したのではないか。母の肌が恋しくなったにちがいない。彼は、手がつけられないくらいの声を出し、天井を向いてわめくように泣いた。

風呂から上がると、茶屋は快斗を膝《ひざ》にのせて抱きしめた。三十分もすると快斗の息が静かになってきた。眠りはじめたのだった。

翌朝は二人でパンを食べた。快斗は食欲があった。

電車で事務所へ向かった。快斗は茶屋の手を固くにぎっていた。事務所に着くとサヨコとハルマキは、大きい声で快斗を呼んだ。けさの快斗はにこりともせず、ソファに腰掛けると、ポケットから猫の縫いぐるみをつかみ出した。

午前十時すぎに山梨県の児童相談所の女性職員が二人やってきた。二人は身分証を示してから快斗の全身を見まわして、健康には問題はなさそうと、事務的ないいかたをした。名前と年齢をきいたが、快斗は一言も答えなかった。母親の名をきかれると、茶屋の背中に隠れた。

「茶屋さんになついていますね」

背の高い職員のいいかたはやや冷たくきこえた。

「お友だちが何人もいるところへ、いきましょうね」

太ったほうの職員がいって、快斗と手をつなごうとした。彼は身をちぢめるようにして茶屋の腕にしがみついた。ハルマキは両手で顔をおおうと背中を向けた。

茶屋は、自分の車に快斗を乗せて、女性職員の車の後を追うことにした。

快斗は、自分の身に危険が迫っているとでも思っているのか、助手席で蒼《あお》い顔をして押し黙っているが、泣き出しそうだった。爆発するような声を上げそうだ。茶屋は初めての経験に何度も身震いしたし引き返したくもなった。

昨日のことだが、茶屋はサヨコから痛烈な批判をあびた。快斗のことだ。彼を最初に橋の上で見たとき、他の通行人に相談するとか、警察への通報を思い付かなかったのかと、胸を刺すようないいかたをした。

「そのときの雰囲気や感情に流される人なのね、先生は」

と、きつい目をした。

「サーカスのおじさんみたいな人に、連れていかれるかもって思ったんだ」

「サーカスのおじさんって、なに」

「昔、幼い子どもが独りで遊んでいたりすると、攫《さら》っていって、学校へ通わせず綱渡りやブランコを教え込むんだ」

「なんか、ずっと昔の話みたい」

茶屋は、橋の上で人待ち顔の快斗を見ると、事情をきこうとした。すると快斗は一枚の便箋を出した。それを読んで置き去りにされたと判断したので、車に乗せて、食堂へ連れていった。それがさらに幼い心を裏切る結果になったのだ、とサヨコはいう。

「快斗君は、お母さんに置き去りにされ、次に出会った先生には裏切られたような思いになった。快斗君は、成長してからも人を信用しない人間になりそうな気がする」

甲府市内の児童施設に着くと、職員は快斗のようすで、茶屋の後を追うのではないかと判断したらしく、彼を別室へ連れていった。そのスキに帰ってくれ、と職員は目で合図した。

快斗は、また置き去りにされたものと判断し、小さい胸を痛めている気がする。

快斗は、「お母さん」と呼んだだろうか。それとも茶屋のことを、「おじさん」と呼んで、どこへいったのかと周囲に目を這《は》わせたような気もする。

2

快斗を甲府市の児童施設へ送った翌々日の昼すぎ、山梨県警の警官が二人、茶屋事務所へやってきた。茶屋は、富士川に冬陽のあたるおだやかな風景のなかを、上流に向かって車で走り、車をとめて波立った流れを眺めたのを原稿に書いていたところだった。

事務所内を見まわしている二人の警官にはハルマキが応対していた。

「こちらは、なにをしている事務所ですか」

四十代半《なか》ばの肉付きのいいほうがきいた。

「作家の、茶屋次郎の仕事場です」

「最近の作家は、都心部に事務所を構えているんですか」

「そうでない方もいます」

「こちらの作家さんは、どういうものをお書きになっているんですか」

「あら、茶屋次郎先生を……」

知らないのか、とハルマキはいいかけたようだが、壁ぎわの書架を指差した。茶屋の著書がずらりと並んでいる。

「これ、全部、茶屋さんが……」

三十代半ばに見える警官が、年配の袖を引っ張った。どうやら若いほうは茶屋の名をきいたか見たことがあったのだろう。

茶屋はペンを持ったまま二人の警官の動作を見ていた。

パソコンの前のサヨコが立っていって、二人の警官をソファにすわらせ、「ご用」をきいた。

「十二月五日の夜、茶屋次郎さんは、勝沼ぶどう郷駅近くのうどん屋へ、男の子と一緒に入って、食事をしましたね」

年配がいった。

茶屋はデスクをはなれて、二人の警官の正面にすわって、「茶屋次郎です」といった。

甲府市の児童施設へ連れていった快斗が、なにか問題を起こしたか、それとも施設からいなくなったのではないか。

「茶屋さんは、武居《たけい》快斗という坊やを知っていますね」

年配がいった。

「五日の夜、なみだ橋の上に人待ち顔で立っている男の子を見て近寄ると、その子は一枚の便箋を見せた。それには、よんどころない事情があって、子どもを置いていくと書いてありました。寒いし、お腹をすかしているように見えたので、うどん屋へ入って、一緒に食事をした。男の子は快斗という名で、四歳だと分かった。腹がふくれると快斗君は眠そうな顔をした。何時間も橋の上に立っていて疲れたのだと思いました。……それで私は彼を車に乗せて、目黒区の自宅へ連れていきました。……次の日、快斗君をこの事務所へ連れてきて、渋谷署へ連絡して、長持という警官にきてもらって、事情を説明しました」

「あなたが、勝沼のうどん屋へ入ったので、あなたの身元が分かったんですよ」

どういうことかときくと、うどん屋の駐車場の防犯カメラに茶屋の車が映っていた。その車のナンバーから所有者が分かり、住所の聞き込みで事務所が判明した、ということだった。

「私が、快斗君を誘拐したとでもみたんですか」

茶屋は二人の警官の顔をにらんだ。

「快斗君のお母さんが、警察へ出頭したんです」

「えっ、お母さんが……」

「武居つぐみという人です。……子どもを置き去りにして、南の島国に住んでいる男性のもとへいくつもりだったんです。成田《なりた》空港へいくまで、その気持ちは変わらなかったが、いざ飛行機に乗ることになった直前、快斗君の姿が目に浮かんだし、彼の声をきいた気がした。そこで自分のことしか考えていなかったことに気がついて、踵《きびす》を返したということです」

武居つぐみという快斗の母親は、勝沼へもどり、警察署で事情を話した。勝沼署の調べで快斗は、甲《こう》州《しゅう》市の児童養護施設にいることが分かり、昨日、快斗は母親の胸に帰されたのだという。

「茶屋さんは、快斗君を自宅へ連れていって、ふた晩一緒にすごしましたね」

二人の警官は白い目をした。

「ははん、警察は、私がなにかよからぬことをしようとしたとでも考えたんですね」

「あるいは、と」

「失礼な。子どもがかわいそうだったので」

「そう思われたとしても、これからは警察に相談してからにしてください」

二人の警官はメモを取っていたノートをポケットに突っ込むと、風を起こすように立ち上がった。あらためて、茶屋の顔と書架に並んだ著書を見てから出ていった。

サヨコはパソコンの画面を見ながら小さい声で、

「ほらね」といった。茶屋は面白くなかった。炊事場へいって、塩をつかんだ。

富士市の千穂から茶屋に電話があって、あした東京の画商が菜々緒の描いた絵を見にくることになっているといった。娘が描いた絵を初対面の人であり、絵を売買する人に見せることに不安を抱いているようだ。

「それからゆうべ、主人は函館の坂寄鉄造さんと、菜々緒のことでいい合いをしました」

「原因はなんでしたか」

「坂寄さんから電話があって、菜々緒をニュージーランドへいかせると喜八郎がいっていることを、家族で話し合ったそうです。そうしたら、二人の娘さんが顔色を変えて反対したんですって。坂寄さんも奥さんと娘さんたちの話に賛成して、ゆうべは、『菜々緒を遠くへいかせるのは絶対反対。ずっと函館にいさせる』といったそうです。……主人は菜々緒をニュージーランドへいかせるつもりだったので、親が最善の方法だと考えたことに反対するとはって、いい返し、争いになってしまいました。主人もお酒を飲んでたし、坂寄さんにもお酒が入っていたようです」

茶屋も、菜々緒を遠方にいかせることには反対だった。それと彼女は重大な事件を隠している人間である。警察が彼女の起こした事件をつかまなくても、彼女は一生、十字架を背負っていかねばならない。

茶屋は、画商が菜々緒の描いた絵を見てどんな評価をするかに興味があったので、釜石家へ出掛けた。

けさは小糠雨《こぬかあめ》が降っていた。雨はやんだが空気は重く骨にしみるような寒さがあった。茶屋は釜石家の塀ぎわへ車をとめた。

「あら、茶屋先生」

門から顔を出したのは、千穂の妹のふさ絵だった。彼女も千穂からの電話で、画商が訪れるのを知ったのだという。彼女は以前から菜々緒の絵の才能を認め、『いまに世間がびっくりするような絵を描く人になる』といったことがあったという。

千穂は二階から菜々緒が描いた三点の絵を座敷へ運んだ。壁に立てかけた絵には白い布をかぶせた。

画商の評価には喜八郎も関心を持っていたが、仕事から目がはなせないといって、現場へ向かったという。

下村《しもむら》という六十代の画商は、三十半ばの女性を伴って車でやってきた。日本橋一番館《にほんばしいちばんかん》画廊という和紙の名刺を千穂とふさ絵と茶屋に渡し、二十年前に父親から画廊経営を任されたといった。同伴の女性は秘書だという。

「早速ですが、ご覧ください」

千穂が膝を壁に寄せて、絵にかぶせていた白布をゆっくりと剝《は》がし、三点の絵を並べた。

「ほおう」

下村は唸《うな》った。秘書は胸で手を組んだ。

「これをお描きになったお嬢さんは、おいくつですか」

下村が絵を見たままいった。

「いま十八歳です」

千穂が応えた。

「ということは、十六か十七のときにお描きになった」

「この二点は昨年……」

千穂が指差したのは、髪の長い女性が白骨をしゃぶっているのと、女が太った蛇《へび》の胴に歯を立てている絵である。木立ちと湖は、二点の女の絵よりも前に描いたものだと思うといった。思うというのは、母親の千穂は菜々緒が絵を描いているところを見たことがないのだと茶屋に語っていた。

「うまいですね」

下村は絵をにらんだままいった。秘書もそう思ったらしく首でうなずいた。

「女性を描いた二点は、普通の美術館などでは展示できませんが、奇怪な絵を展示する会があります。変わった絵を持っていたいという向きもいらっしゃいます。……店へもどって、検討して値段を決めたいので、三点をおあずかりしてもよろしいでしょうか」

下村がいうと千穂は声を出さず、「どうぞ」というふうに首を動かした。

「この絵をお描きになった方は……」

どこにいるのかと下村はきいた。

「ちょっと事情がありまして、ただいま函館におります」

千穂は答えてから、思い出したというふうに、スマホにメールで送られてきた菜々緒の絵を下村と秘書に見せた。

「うまいですね。この絵を欲しい」

千穂は画商の前をはなれ、函館へ電話した。
三、四分話して座敷へもどった。菜々緒に画商の希望を伝えたようだ。
三日月が子どもを抱いている絵を、画商へ送ると菜々緒は答えたらしい。何事もうまく回転しているようだった。菜々緒は自分が描くものに自信を持って、また筆をにぎるにちがいなかった。

彼女には激しい関心事が棲《す》みついていて、それが顔を出すと、肥《こ》えた蛇の胴に嚙みつくような絵の構図が浮かび、それを描かずにはいられなくなるようだ。

下村と秘書は、ふさ絵が淹《い》れた紅茶を飲みながら、菜々緒は高校を卒業して函館へいったのかときいた。画商はあるいは、菜々緒は北海道の大学に在学中なのかと想像していそうでもあった。

画商の秘書は、風呂敷を広げて、三点の絵を一点ずつ包んだ。その手つきには慣れがあった。絵が売れるものかどうかは不確かだが、画商が釜石菜々緒の才能に舌を巻いたのは確かだった。

3

「絵が売れたら、菜々緒さんは画家先生です」

茶屋がいうと、千穂は、「なんとなく不安だけど」といったが、ふさ絵と一緒に笑った。うれしさよりも先行きの変化を案じている笑顔だった。

茶屋が釜石家の塀ぎわにとめておいた車に乗ろうとしたとき、パトカーがサイレンを鳴らして走ってきた。釜石家の角を曲がって、富士川の河岸に寄った農家風の家の前でとまった。怪我《けが》人か病人なら救急車だが、パトカーだったので、茶屋は車に乗らずに見ていた。

警官が二人、車を降りて家へ入った。近所の人が三、四人道路へ出てきた。べつのパトカーがやってきて、女性警官と私服が家へ入った。どうやら家のなかで何事かが起こったらしい。

茶屋は、近所の人に近寄って、なにがあったのかをきいた。警官が入った家の玄関には「久野《くの》」という表札が出ている。

頭に毛のないかなり高齢の男が、「私が警察に知らせたんだ」と嗄《しやが》れ声でいった。その男の話だと、久野家の土蔵には老婆が押し込まれていたらしいという。

「押し込まれていたとは、どういうことですか」

茶屋が老人にきいた。

「分かりません。さっき、わたしが一歩家を出ると、久野さんの土蔵から、頭の真っ白いおばあさんが出てきて、助けて、助けてっていったんです。見たことのないおばあさんでした。相当な年寄りです。歩くのがやっとといった格好でした。助けてっていうから、なにかされたんじゃないかって思いました。久野さんの家からはご主人の弟が出てきて、おばあさんの首根っ子をつかんで、土蔵へ連れていって、まるで放り込むようにして、扉を閉めたんです。それでこれはただごとじゃないと思って、一一〇番したんです」

禿《は》げ頭の男は夢中で話した。

久野家の主人の弟とは、何歳ぐらいかと茶屋は男にきいた。

「八十ぐらいじゃないかと思う」

それも高齢ではないか。男の話によると、久野家は十数年前に、昔、農家だった土蔵付きの家を買って入居した。主人の弥太郎《やたろう》は一キロばかりはなれた場所で久野屋という料理屋を営《いとな》んでいた。久野屋は現在も営業している。主人の弟は康次郎《やすじろう》という名で久野屋に従事していたが、重い病気にかかって長いあいだ入院していた。その間に離婚したらしい。一人娘は結婚して名古屋《なごや》市内に住んでいるときいたことがあったという。

弥太郎は、退院した康次郎を引き取って同居させた。働けないからだらしく、毎日、杖《つえ》を突いて川の土手を散歩している。久野屋は現在、息子の長市《ちょういち》が運営しているらしい。

「土蔵へ押し込まれていたというおばあさんは、久野兄弟とはどういう間柄なんでしょうか」

茶屋は、禿げ頭の男にきいた。

「分かりません。見たことのない人でしたし。……あなたは、どういう方。この辺の人じゃないようだが」

男は眉間《みけん》に皺《しわ》を立てた。

「私は、茶屋次郎という名で、ものを書く職業です。近所の家に用事があって訪ねたんです」

「近所の家って、どこですか」

「釜石さんです。懇意《こんい》にしているんです」

「ものを書く職業……。どんなものを書いているんですか」

男は茶屋を、胡散臭《うさんくさ》い人物とにらんだようだ。

そこへ灰色の車がとまった。「報道」の腕章を付けた日刊富士の船越記者だった。

「あれ、茶屋さんとはご縁がありそうですね」

船越は茶屋の袖を引っ張った。なぜここにいたのかと目を光らせた。

「すぐそこの釜石さんを訪ねたんです」

釜石家には天才的なうまい絵を描く娘がいるので、その娘の描いた絵を見にきたのだといった。

「その娘は、どんな絵を描くんですか」

「難解な絵です」

「茶屋さんは、絵画にも関心があるんですね」

茶屋は、大いにあるのだといって車にもどりかけたが、久野家の土蔵に押し込まれているという老婆がどういう人なのか、なぜ押し込まれていたのかを知りたくなった。

それをいうと船越は、これから取材するのだといった。彼は久野家で家人から話をきくのか、それとも警察で、老婆の素性《すじょう》などをきくのだろうか。

茶屋の車の横に千穂が立っていた。パトカーのサイレンをきいて家から飛び出してきて、近所の人と立ち話をしていたらしい。

近所の人たちは、菜々緒が高校を中退したのを知っているにちがいない。菜々緒の姿が見えないが、どこへいっているのかと千穂にきいた人もいそうだ。

茶屋は千穂に呼ばれてお茶を一杯馳走になった。

「久野さんという家の土蔵には、かなり年配の女の人が、閉じ込められているそうですが、そのことを知っていますか」

茶屋は千穂にきいた。

「きいたことがあります。久野さんの裏側に久野さんの親戚の栗田《くりた》さんという家があります。そこの奥さんに、昔話をそっときいたことがありました」

「昔話を……」

「久野康次郎さんのことです」

重い病気をしてから働けなくなり、現在は杖を突いて川の土手などを歩いているという人のことだ。

――久野康次郎が十四、五歳のころのこと。仲よしだった同級生が松本市へ引っ越した。康次郎はその同級生に会いたくなり、夏休みに松本へ出掛けた。出がけに母が、にぎり飯を三つ竹の皮に包んでリュックに入れてくれた。

列車で松本駅を降りた。康次郎には初めて訪れた松本が大都会に見えた。同級生からは手紙をもらっていたので、その住所をさがしあてた。だが、どういう事情があってか、同級生の一家は手紙にあった住所から引っ越していた。前の住所の家主から転居先をきき、そこを訪ねることにしたが、教えられた住所が不正確だったらしくて着くことができなかった。

康次郎は諦めきれず、にぎり飯を一つ食べ、夕方になったので小さな旅館を見つけて、そこへリュックをあずけて、同級生の家をさがしに出掛けた。

日が暮れ、夜が深くなった。が、同級生の住所へは着けなかった。道端の井戸の水を飲んで旅館へもどった。にぎり飯を食べることにした。リュックへ手を入れた瞬間、「ない」と彼は小さく叫んだ。竹の皮に包んだにぎり飯が二つ入っていなくてはならないのに、そこには何もなかった。

母がつくって持たせてくれたにぎり飯を盗んだ者が、この旅館にはいるのだとにらんだ。

彼は空腹を抱えて、薄い布団の上に横になった。この松本が恐ろしい街に映った。灯《あか》りを絞ると、黒い蚊が押し寄せてきて、腕にも足にも吸いついた。

夜が明けた。布団の上で叩きつぶした蚊の死骸を数えた。

朝食は出なかった。「ここは素泊まりだから」と男の人に冷たくいわれた。そのとき炊事場の隅で目をこすっている女の子を認めた。自分と同じぐらいの歳に見えた。康次郎はその女の子の顔と姿を脳裏《のうり》に焼きつけた。にぎり飯を盗んだのは女の子にちがいないと思った。腹がすいていたが、深い恨《うら》みが盛り上がり、このことは憶《おぼ》えておこうと決めて帰宅した。

高校を卒業するとまた松本へいった。やはり同級生だった人の住所は不明だった。四年前に一泊した旅館をさがしてみた。街の様子は以前とちがっていた。旅館のあった場所はビルになっていて、そこの一階はレストランだった。

レストランのオーナーに、「以前ここは旅館だったが」ときくと、「旅館をやっていた人は、いまは食堂を経営している」といってその場所を教えてくれた。その店には、「うどん、そば、定食」の看板が出ていて「いろは亭《てい》」という名だった。薬局と美容院にはさまれた小さな店だった。康次郎はその店の所在地をメモして帰った。

康次郎は、兄の弥太郎がやっている久野屋に勤めた。その店は、料理が旨いといわれて、繁昌《はんじょう》した。

二年後、康次郎は松本のいろは亭をのぞきにいった。三島《みしま》という姓の四十代の夫婦がやっていることが分かった。その夫婦には娘がいたはずだがときくと、器量《きりょう》よしの一人娘で、大学生だといわれた。容《よう》子《こ》という名だということも分かった。彼はその女子大生が帰宅するまで張り込んでいた。鞄《かばん》を持って胸を張るようにして帰宅した容子は長身だった。小さな旅館の炊事場で、卑屈な目をしていた少女とは別人のようになっていた。器量のよさが憎かった。

康次郎はそれから何度もいろは亭と容子を見にいった。訪ねるたびにいろは亭は大きな店になっていた。美容院がなくなり、いろは亭が店を拡張したのだった。「うどん、そば、定食」の店でなく、規模の大きいレストランに変わっていた。

容子は、婿《むこ》を迎え、娘と息子の母親になっていた。従業員には白衣を着せ、調理場の奥から指示を出していた。

何年か後にのぞきにいって、容子の両親が相次いで亡くなったことをきいた。容子の父親は、まだ子供の康次郎に、「ここは素泊まりだから」と冷たい声でいった人だった。そのときの康次郎は旅館を逃げるように飛び出ると、近くの道端の井戸で顔を洗って、冷たい水を腹一杯飲んだのを憶えていた。

彼は三島容子の生年月日を調べた。自分とは数日しかはなれていないのを知って驚いた。

康次郎は結婚し、夫婦で久野屋に勤めていた。四十代後半のことだが、康次郎はそれまでのように松本市のいろは亭をのぞきにいった。

「あなたは、毎年のように松本へいってくるけど、なにをしにいくの」

と、妻にきかれた。彼はそれまで三島容子のこともいろは亭のことも話していなかった。したがって妻は、「何か秘密を隠している」とにらんだのである。

その後も康次郎は、松本市の三島家といろは亭のようすをうかがいにいっていた。

いろは亭は繁昌していて、容子の孫の代になっていた。店の道路側を広いガラス張りにして、窓辺を丈の短い草花で飾っていた。人の話では、松本を代表するレストランに成長したという。

久野屋の重役になっていた康次郎は、肝臓の病気にかかって、入退院を繰り返して七十九歳になっていた。小康状態のある日、三年ぶりに松本へ車を運転していった。

容子は、松本市内の住宅街の邸宅と呼べる二階建てに住んでいるのを知っていた。二階の窓には松本城が映っているにちがいなかった。

インターホンに応えて玄関へ出てきた容子は、驚くほど歳をとっていた。歩くのがやっとといった状態で、右手は震えていた。

康次郎は、以前世話になったことがある者だと、うまいことをいって容子を車に乗せた。彼女は耳も遠くなっているようで、康次郎のつくり話にただうなずいていた。そして車の震動が心地よいのか眠りこんだ。

彼は富士市の兄弥太郎の家に同居していた。弥太郎の妻が康次郎の体調を見守っていたのである。

その家に着くと康次郎は、車内で眠っていた容子を揺り起こし、首根っ子をつかむようにして、暗い土蔵のなかへ押し込んだ。そして、日に一食だけを与えていた。天国から地獄に落とされたような彼女は、日に日に痩《や》せ、歩くのもままならぬ状態になっていた。

後日分かったことだが、三島容子は、久野弥太郎家の土蔵から警察によって救出され、住所が松本市であることが判明して、家族を呼んだ。彼女がなぜ久野家の土蔵に閉じ込められたのかを、彼女はまったく分からないと事情聴取の係官にいった。久野康次郎とはどういう間柄かをきいたが、「いままで会ったこともない人」と答えた。

康次郎は、監禁の罪で取り調べられた。

「十四歳のとき、あの女に、おにぎりを盗まれた。あのときの悔しさは、一生忘れないことにしていた」と、濁りのある目をいっぱいに開いた。

4

茶屋は事務所でサヨコとハルマキに、富士市の栗田という家の主婦にきいた久野康次郎の執念を話した。

「康次郎さんは、六十年以上も、松本市の三島容子さんを、恨みつづけていたのね」

サヨコがいった。

「おにぎりを盗まれたとき、康次郎さんは十四歳。六十五年ものあいだ……」

ハルマキは珍しくメモを取るようにペンをにぎった。

「もしも、土蔵内で容子さんが亡くなったら……」

サヨコは、男のように腕組みした。

「監禁と殺人の罪だな」

「おにぎりを盗んだ容子さんの罪は？」

「そんなものは時効だろうな」

「おにぎりを盗んだのが、容子さんだったかどうか」

「状況から、盗んだのは容子だったのだろうな。彼女は小さな旅館の娘だったというから、裕福じゃなかったんじゃないかな。泊まり客の少年が恵まれた家の子に見えたんだと思う。……泊まり客の少年が置いていったリュックが、少女の目には光って見えたのかもしれない。それでそっと開けてみた。そうしたらにぎり飯が竹の皮に包まれていて、それは旨そうだった。……おまえたちには、そんな少女の気持ちは分からないだろうな」

サヨコとハルマキは顔を見合わせた。茶屋の言葉が不満だったのだろう。

「康次郎さんも、容子さんの気持ちを酌《く》んであげられなかったんだね」

サヨコが茶屋をにらんだままいった。

茶屋のケータイがラテンを奏ではじめた。電話に出ると透き通るような女性の声が、

「お仕事中、申し訳ありません」

といった。渋谷の小料理屋・手まりの七瀬マミだとすぐに分かった。

彼女は一昨日から店に出ているといった。

「それはよかった。しばらくのあいだ酒は控えたほうが」

「そうしています。おひまな日がありましたら」

彼女は電話を切りかけた。茶屋は、「あとで」といった。サヨコとハルマキの目は、「だれからだろう」といっている。


富士宮市の新富伸行から手紙が届いた。茶屋が金を振り込んだので、それに対しての礼が書いてあったが、「また行きづまったら、お願いしますので、そのときはよろしくお願いします」と結んでいた。真面目《まじめ》で温和そうに見えたが、じつはあつかましくて、ずうずうしい人間なのではないか。

茶屋の事務所へは、富士宮市の矢吹宗太という男も訪れた。その男は、茶屋が夕方に、高速道をまたぐ橋の上に立っていた人を見ていた。その人は高速道を走ってくるバイクめがけて、ドンブリを落下させた。茶屋はその事件の目撃者なのに、そのことを警察にとどけていない、なぜか、と脅しにやってきた。その矢吹と新富はつながっていることが分かっている。

その矢吹も、茶屋からなにがしかを強請《ゆす》ろうとした。茶屋は追い返したが、強請る方法を考え直して、またやってきそうだと茶屋は予想している。

もしかしたら、新富のあつかましい内容の手紙は、矢吹が書かせたのではないか。二人はグルのような気がする。

書いた原稿を読み返していると、ドアに控えめなノックがあった。

ハルマキがドアを開けた。コートを腕に掛けている女性がおじぎをした。その横では子どもがセーターの裾をつかんでいた。

「あっ、快斗君」

ハルマキは叫ぶような声を出した。

快斗は事務所へ飛び込むと、デスクの前に立っていた茶屋に、

「おじさん」

といって腕を伸ばした。

快斗は、母と一緒に訪れたのだ。

「わたしは、よく考えたつもりでしたけど、間違ったことをしてしまいました」

武居つぐみという快斗の母親はいって、茶屋に向かって深く頭を下げた。

南方の島国で働いている男性のもとへいくことを決めて、夜の成田空港を発《た》とうとしたが、快斗の呼び声をきいた気がして、足が前へ出なくなったと、ハンカチを口にあてていった。

「快斗は……」

茶屋は快斗の頭を抱えた。

つぐみは快斗を見て、ハンカチの端を嚙んだ。その表情は不思議な情景を見ているようだった。

快斗は茶屋とふた晩一緒にすごした。そのことは警察できいたはずだ。そのふた晩が、四歳の快斗には忘れられなくなったのか。

「これから食事にいくところでしたが、よろしかったら一緒に」

茶屋が誘った。つぐみは一瞬迷ったようだが、

「ありがとうございます。ですが、また別の機会に。あらためてお礼にまいります」

彼女は、茶屋の横にくっついていた快斗の手をつかむと、あらためて頭を下げて出ていった。

「先生は、子どもには好かれるのね」

サヨコだ。

茶屋は彼女をひとにらみすると、デスクの上を片付けた。

サヨコとハルマキを伴って料理屋の手まりへいった。

「あらっ、いらっしゃい」

割烹着《かっぽうぎ》の女将《おかみ》が、「おめずらしい」とつけ加えた。

水色の半纏《はんてん》を着た二人の女性が振り向いた。一人は七瀬マミだ。病気あがりだからかマミは痩せていた。

テーブル席に客は二組いた。会社員らしいスーツ姿の男が向かい合って銚子をかたむけていた。もう一組は五十代と思われる男と三十代に見える女性だ。紺のワンピースの女性は、男に文句でもいっているのか口が尖《とが》っている。

茶屋たちはカウンターに並んだ。

「わたし、数の子を食べたい」

酒を頼む前にサヨコがいった。

三人はビールで乾杯した。

「わたしは、カツオとタコ」

ハルマキは刺し身が好きで、すし屋に入ってもにぎりでなく刺し身を肴《さかな》に日本酒を飲む。

茶屋は、小粒のじゃが芋の煮物と生牡蠣《なまがき》。この店で出すのは信州の酒だ。

マミは、人参《にんじん》を細かく刻みながら、

「みなさん、おいしそうに召し上がりますね」

と、笑いながらいった。手術を受けて胃が小さくなったので羨《うらや》ましいのだろう。

男女の客が帰った。茶屋は女将の盃に酒を注《つ》いだ。彼女はいつもピーナッツを摘まみながら酒を飲んでいる。

男同士の客は、酒に飽きたらしく、お茶漬けを注文した。

サヨコが女将に、茶屋は山梨で四歳の男の子を拾《ひろ》って、家へも連れていって可愛がっていたと、表情を変えずに話した。

「拾ってって……。まるで犬か猫の子みたいだけど」

「母親に置き去りにされて、橋の上にぽつんと立っていたらしいの」

「子どもを棄てるなんて、身勝手なことですよね。棄てられた子を拾っていく人も珍しいけど、茶屋さんは、子どもが好きなんですか」

　女将は、麦茶のような色のものを自分でつくって
ちびちび飲《や》りはじめた。

「特別、好きなわけじゃない。かわいそうだと思ったので、車に乗せたんだ」

「ふた晩、一緒にお風呂に入ったのよ」

　サヨコは、真っ直ぐ女将の顔を見ていった。

「可愛かったのね、でもそれって、いけないことでは」

「そう。警察の人にひどく叱《しか》られたのよ」

「その男の子、どこへいったの」

「気を取り直したその子のお母さんが、警察へいって、子どもと会うことができたの。お母さんは、子どもを棄てて、遠い国に住んでいる男性のもとへいくつもりだったらしいの」

　野菜を細かくきざんでいたマミの手がとまった。

「わたしも、母に棄てられた子だったんです」

　マミは下を向いたままいった。

「ええ、ほんとなの。いくつのとき」

　女将は丸い目をした。

「中学二年のとき。学校から帰ると、テーブルの上に手紙が……」

　タコを食べていたハルマキが箸《はし》を置いた。

「なんて書いてあったの」

　女将がきいた。

「遠くへいかなきゃならなくなったと。からだに気をつけてと。それから引き出しにお金を入れておいた、とありました」

「お母さんは、どこかに勤めていたの」

「歌をうたっていました」

「歌を、どこで」

「青森のクラブのような店で。自分でつくった演歌をうたっていました。わたしはその店へ見にいったことがあります。きらきらと光る服を着て……」

　マミは両手で口をふさいだ。

「自分でつくった歌って、作曲もしてたの」

女将は、麦茶のような色のグラスを振った。

「毎日のようにギターで曲をつくっていました。わたしは勉強の邪魔になったので、うるさい、って怒《ど》鳴《な》ったこともありました。……母は毎日、夕方になるとお化粧をして、わたしになにもいわずに出掛けていきました。母のつくった歌を……」

マミはまた口に手をあてた。母を思い出したのだろう。彼女は母のつくった歌をいくつか覚えたといった。

「お母さんから便りは」

「ありませんでした。人の話では、新潟にいるとか、富山にいるということでしたけど、わたしはさがしにはいきませんでした」

「毎日の暮らしは」

サヨコがきいた。

「三日おきにご飯を炊いて、海苔《のり》の佃煮《つくだに》で……。近所のおばさんがわたしのことを知って、世話をやいてくれました。他人に面倒をみていただいて中学を出ると、学校の紹介で、青森市内の縫製工場へ就職しました。食事が出るので寮に入っていました」

「あんたのお父さんは……」

女将がきいた。

「わたしは父を知りません。結婚していたと母からきいたことがありますけど、写真も見たことがありません」

縫製工場には五年勤めていた。二十歳のとき、以前工場で同僚だった女性に、東京へこないかと誘われた。工場での仕事と生活に飽きていたので、元同僚の誘いにのって上京した。中学の修学旅行は東京だったが、参加できなかったので、それが初めての東京だった。列車で上野《うえの》に着いた。元同僚は列車の着くホームで待っていてくれた。二歳上の井元温子《いもとあつこ》だった。彼女は台東《たいとう》区の三ノ輪《みのわ》のアパートに住んでいた。そこに五、六日いるあいだに就職先をさがした。

神田の洋服生地の問屋が採用してくれた。その店には従業員用のアパートがあったので、そこへ入った。

就職先と住居が決まった日、温子はすし屋へ連れていってくれた。マミは初めてにぎりずしを食べた。世のなかにこんなにおいしいものがといって、いくつも食べた。後日知ったが、すしは高価な物だった。

仕事は販売員だったので、男性社員が運転する車に乗って、三越にも高島屋にも松坂屋へもいった。

マミは二十六、七歳から夜、酒を飲むようになった。飲んでいるうちに眠くなり、そのまま寝床に倒れる夜もあった。

洋服生地問屋には八年間勤めて辞めた。彼女が運転していた車で人身事故を起こしたのが、退職のきっかけだった。

男性の同僚から求愛されたことがあったが、その気になれない、といって断わった。

生地問屋を辞めて、品川区《しながわ》東品川《ひがししながわ》のアパートに入った。一週間ばかり毎日、東京湾の見えるところへいき、船の出入りをぼんやり眺めていた。ときどき、母がつくってうたっていた歌を口ずさんだ。

「お母さんの消息《しょうそく》は？」

茶屋が、瞼《まぶた》に涙の粒を残しているマミの顔にきいた。

「母がいなくなったあと、世話になっていた近所のおばさんの話だと、わたしが東京へいって何年かあとの夜、わたしが住んでいた家をのぞくようにしていた女の人を見かけたといっていました。おばさんが後ろから声を掛けると、その女性は足早に消えていったといっていました。それから、こんな噂《うわさ》が耳に入ってきたことがあります」

元歌手だったが、作詞家に転向して、ヒット曲がいくつもある。その女性作詞家は長野県出身だが、青森市にいたことがある、と。

「お母さんの顔を憶えていますか」

茶屋がきいた。

「うっすらと。……きらきら光った服を着て、『吹雪《ふぶき》のなかでも』とか『手が届くかぎり、にぎり合って』とかって、うたっていた姿を思い出すことが、ときどき」

マミは遠い思い出に咽《む》せたのか、咳《せき》をいくつかして胸を押さえた。

茶屋は、女将に塩むすびを頼んだ。

サヨコとハルマキが、「わたしも」といった。

足もとが少し怪しくなった男が二人店へ入ってくると、一人が、

「マミちゃん」

と呼んで、椅子に落ちるようにすわった。

サヨコとハルマキが、うたえる店へ移ろうといい出さないうちに、茶屋は勘定をすませ、マミに手を振って外へ飛び出した。

5

茶屋は会社にいる牧村に電話して、「長野県生まれで、青森市にいたことがある女性作詞家が、だれなのか分かるだろうか」といった。

「何歳ぐらいの人でしょうか」

「三十二歳の娘がいるのだから、五十代じゃないかと思う」

「音楽著作権協会か音楽関係の出版社にあたってみます。その人が分かったら、どうするんですか」

「どんな暮らしをしてるか、知りたいんだ」

「知りたいだけなんですね」

「そう。知りたいだけ」

牧村は、約一時間後に返事の電話をよこした。

「茶屋次郎先生がお尋ねの方は、滝川《たきがわ》れいさんだと思います。本名は七瀬芳江《よしえ》で五十一歳です。『風の海峡』『枯葉坂』『奇跡の季節』など石村《いしむら》京司《きょうじ》作曲

の歌謡曲に詞を書いているヒットメーカーです。住所は渋谷区松濤《しょうとう》。茶屋先生の事務所からは近い。クラブ歌手から作詞家になった苦労人のようです」

茶屋は礼をいって電話を切った。たったいま牧村がいったことをノートに書きとめた。

十五分ほどすると牧村が電話をよこした。

「いま書いていただいている富士川に、滝川れいさんは登場しますか」

「流れによっては」

「ぜひ登場させてください。苦労人だというから、これまでに隠していたくなるようなドラマがいくつかはあったと思います。架空の名で登場させるほうがいいと思います。茶屋先生は、『風の海峡』や『枯葉坂』を知っていますか？」

「サヨコがうたっている」

「今夜、渋谷のカラオケバーへいきましょう。しばらくサヨコさんとハルマキさんの歌をきいていない」

「私はきき飽きている。それに今夜は忙しい」

茶屋のほうから電話を切った。

渋谷区内地図を開いた。滝川れいの住所はＢｕｎｋａｍｕｒａの西側のあたりだ。

「ちょっと出掛けてくる」

茶屋はコートを羽織って事務所を飛び出した。道玄坂を登って、東急《とうきゅう》百貨店前を左折し、オーチャードホールなどの一画を右に曲がった。道路が左右に分かれた。高級住宅街だ。

「滝川」という小ぶりの表札が出ている家を見つけた。白木の厚い板の門があり、少し色のちがうくぐり戸があった。その横には郵便物を入れる矩形《くけい》の黒い穴が開いている。塀のなかには緑の葉を広げた樹木が並んでいて、道路からは黒い屋根しか見えなかった。

茶屋は表札を入れて、門を撮影した。ピアノの音でも流れてきそうだったが、近所の家からの犬の声だけがきこえた。

茶屋は、滝川家の門から百メートルほどはなれた十字路の脇に立った。三十分ばかり経つと、女性がバッグを抱くようにして滝川家のくぐり戸へ入った。十分ほどするとその女性がバッグを手にしてくぐり戸を出てきて、茶屋のいるほうへ歩いてきた。

その人を彼は呼びとめた。十八、九ではと思われる色白の人だった。小柄で、髪を後ろで結わえていた。茶屋の声をきいて、驚いたように布袋を胸にあてた。

「滝川さんのお宅の方ですか」

「はい」

彼女は上目遣いになった。

「私は、茶屋次郎という名のもの書きです。……滝川さんのことを少しうかがいたいのですが、よろしいでしょうか」

「どんなことをでしょうか」

「滝川れいさんは、ご自宅でお仕事をなさっておいででしょうか」

「先生は、いま、伊東《いとう》で、お休みになっています」

「お休みというと、おからだの具合でも……」

「入院なさっていました」

「重い病気でも」

「詳しいことは、お話しできません」

彼女は顔を伏せた。

滝川家に長く勤めているのかときくと、一年ちょっとだと小さい声で答えた。

滝川れいの静養先をきいたが、答えられないといわれた。買い物にいくところだったのか、ときくと、

「犬のご飯を買いにいくんです」

と答えたが、彼女には東北訛《なまり》があるのが分かった。

「私は道玄坂に事務所を持っています」

彼はそういって名刺を渡した。

彼女は、受け取った名刺をじっと見ていた。どこかで見たかきいた名前だと思っているのかもしれな

かった。

茶屋と彼女は並んで歩き、彼は名をきいた。

「舟小屋《ふなごや》です」

「ほう、珍しい姓だ。秋田か青森の出身ですね」

「秋田の男鹿《おが》です。……茶屋さんは、どうしてうちの先生のことを知りたいのですか」

「ご苦労なさって、売れっ子の作詞家になられた方ということですので、これまでの道のりなどをおうかがいしたくなったんです」

「それでは、先生に電話で伝えておきます」

舟小屋という姓の彼女とは、ペットショップの前で別れた。


いつも公簿の照会などを頼んでいる藤本弁護士事務所へ電話した。顔なじみになっている女性事務員が、

「今日は、お元気そうですね」

といった。

茶屋は、渋谷区松濤の七瀬芳江の戸籍簿記載事項の照会を依頼した。

それに対する回答は二時間後にあった。

「七瀬芳江は五十一歳。出生地は長野県大町《おおまち》市。七瀬春之助《はるのすけ》・兼子《かねこ》の次女。十九歳時に女子・マミを生む。住所移動は、青森市、新潟市、富山市、横浜《よこはま》市、東京都江東《こうとう》区、荒川《あらかわ》区」

婚姻歴は記載されていなかった。松濤の邸宅には彼女だけがお手伝いの女性と住んでいるのか。彼女は現在、病後の静養に静岡県伊東市にいるらしいが、単独なのか。これらのことを茶屋は詳しく知りたくなった。

松濤の邸《やしき》は厚い門の立派な家屋だ。その住宅の名義を調べた。家屋は七瀬芳江の名義だったが土地は、港《みなと》区元麻布《もとあざぶ》の高松昭三《たかまつしょうぞう》名義。

高松昭三がどういう人かを知りたくなり、紳士録を繰《く》ってみた。製粉業でトップの福々《ふくふく》産業の社長であることと、五十六歳であることが分かった。その

人の住所は元麻布だ。したがって、作詞家滝川れいが住んでいる邸の土地の所有者であることから、彼女と高松昭三は知り合いにちがいない。もしかしたら単に知り合いというだけでなく、深い間柄ということも考えられる。

調査好きの茶屋は、二人の間柄を詳しく知りたくなって、ふたたび高級住宅街の松濤へ出掛けた。

滝川家と隣家とのあいだには幅三メートルぐらいの道が通っている。隣家の建物は何十年も経っていそうで、木製の門は黒ずんでいる。「山本《やまもと》」という表札が出ているその門のくぐり戸から白い大型犬のリードを曳《ひ》いた中年女性が出てきた。

茶屋はつくり笑いをしながら近寄って、隣の滝川家とは付き合いがあるかをきいた。

「わたしはこの家へ勤めて十年になりますけど、滝川さんに会ったのは四回か五回です。お隣には以前、古い家が建っていて、何年間かだれも住んでいないようでした。……五、六年前にその家を壊して現在の家が建ちました。どういう方がお住まいになるのか興味がありましたけど、家が完成して植木が植えられたころ、きれいな服装の顔立ちのいい女性が挨拶《あいさつ》においでになりました。その方にはうちの奥さまがお会いになって、『なにかお仕事をなさっておいでですか』とききましたら、詞をつくっているとおっしゃいました。それをきいて奥さまは、趣味で詩を書いているのだろうと想像していました」

山本家のお手伝いの女性は目を細めて話した。

「そのうちに、黒い車が昼間も夜もくるようになりましたし、テレビ局の車が何時間もとまっていることもありました。それでうちの奥さまは、滝川さんは女優なのかもしれないといっていました。それから何日かして黒い車に乗ってきた方にわたしが、滝川さんは女優さんですかとききました。するとその人は、『ご存じなかったのですか。滝川れいさんといって、歌謡曲の作詞家です』と教えてくれました。それをうちの奥さまに話すと、書店へいって愛唱名歌集などのコーナーで歌の本を開いたんです。するとと演歌大全集という本に、滝川れいさん作詞の曲がいくつも載っていて、びっくりしたんです。それは、テレビの歌番組で女性歌手がよくうたっている曲でした。……うちの奥さまはたまにピアノを弾いていていましたけど、滝川さんの職業を知ってからは、ピアノを弾かなくなりました。わたしは演歌が好きなので、お台所で山城真希《やましろまき》がうたっている『枯葉坂』などを口ずさむと、奥さまは、『やめなさい、演歌なんかを』と叱ります」

「滝川さんは、病気をなさったそうですが」

「そうですか。それは知りませんでした。そうそう、去年のことですけど、屋根の修理にきた職人さんが、滝川さんは若いころ歌手だったと話していました。滝川れいさんというのはペンネームだとその人はいっていました」

「滝川さんは現在、伊豆《いず》の伊東にいらっしゃるようです。静養中だと思いますが」

「それも知りませんでした。しばらくお姿を見ていないのは、遠方にいらっしゃるからでしょう。滝川さんにも犬がいます。二人のお手伝いさんが交替で散歩に連れていっているようです」

どんな犬かときくと、ボストン・テリアだという。

彼女が連れているのは薄茶色のゴールデン・レトリーバーだった。犬は早く散歩をしようといってリードを何度か引っ張った。

渋谷の小料理屋に勤めている七瀬マミは、実母の七瀬芳江の現況を知っているのだろうか。売れっ子の作詞家で、東京の高級住宅街で豪邸に住んでいることを。

六章　恋唄

1

茶屋は何度か首をひねってから、七瀬マミに電話した。退院後、何日かして店へ出たのだったが、異状はないか、ときいた。

「ありがとうございます。もう大丈夫です。ご飯も少しずつですけど、おいしく食べられます」

彼女は、なぜ茶屋がわざわざ電話をくれたのだろうかと思っているにちがいなかった。

あすは日曜で「手まり」も休みだろうから、会えないかときいた。

「会えます。なんの予定もありませんので」

昼食を一緒にしたいので、午前十一時に事務所へきてくれないかというと、彼女は「よろこんで」といい、「うれしい」と付け加えた。

茶屋はノートに、これまで分かった滝川れい、本名七瀬芳江に関することをメモした。長野県大町市生まれの彼女が、どうして青森市に住んでいたのかは分かっていなかった。それと、どんなきっかけから滝川れいという作詞家になったのかに関心があった。「女性サンデー」に書く「富士川」にも、彼女が成功者になるまでの道のりが必要だった。

マミの母は、マミが中学二年生のときに、手紙を残し、マミを置き去りにした人だ。少しばかりのお金を置いていったというが、十四歳の娘がどのような生活《くらし》かたをしていくかを、考えなかったとは思えない。彼女には、娘よりも大事なものがあったのだろうか。

日曜の朝は薄陽が差していたが、風は冷たかった。どこからともなくジングルベルの曲を風が運んできた。茶屋は、クリスマスが好きでない。なにかに追いたてられているようで落ち着けないのだ。彼はきょう、マミがどんな服装でくるかを想像した。そして昼食をどこで摂《と》るかを考えた。彼女はどういう食事が好きかを彼は知らなかった。彼はパンにバターを厚く塗って、コーヒーを飲んで事務所へ向かった。

事務所のドアの前に白と黒の柄の猫がすわっていたが、茶屋を見るとさっと逃げていった。野良なのだろう。どこかの家で飼われていたが、その家が住みづらくて逃げ出したのか、それとも外へ出てみたが、帰る家が分からなくなって、浮浪の生活をするようになったのか。

マミは約束の十一時少し前に茶屋事務所のドアをノックした。

彼女はグレーのコートを腕に掛け、黒いバッグを持っていた。薄茶のなんの飾りもないセーターと紺のスカートに黒い靴だ。

「きれいになさっているんですね」

彼女は事務所を見まわした。書架の前に立って、ぎっしり並べられている本の背を見ていたが、

「ずっと前に読んだことがある本が」

といった。それは「遠い橋」というタイトルの青少年向けの実話だった。災害に遭《あ》って片方の足を失った父と、その後の暮らしを、母親と一緒に支えていく少年の話だ。

茶屋はマミにコーヒーを飲むかときくと、「いただきます」といってから、「わたしがやります」といって、コートとバッグをソファに置いた。

茶屋は彼女に、すわっていてくれといって、サイフォンでコーヒーを立てた。

「あなたは中学二年生のときに、お母さんに置き去りにされたということでしたね」

「そうです。初夏の強い風が吹いていた日だったのを憶《おぼ》えています。母は毎日、お化粧をして夕方家を出ていくのですが、その日に母はいなくて、家のな

かを季節はずれの冷たい風が吹き抜けていくように感じたんです。テーブルの上に置いてあった手紙を読むと、それをつかんで、四、五軒先の親しくしていたおばさんに見せにいきました。……おばさんのほうが驚いて、大きい声を出したことも……」

茶屋の気のせいか、マミの瞳がきらりと光った。

「お母さんの姿を、思い出すことがあるといっていましたね」

「店で、歌をうたっている姿を。……夢のなかでも母は歌をうたっていました」

「いま、お母さんはどこでどうしているかを想像したことは」

「たまに、ふと母はどうしているかって……」

マミはコーヒーカップをテーブルに置くと、茶屋がなぜ母のことをきくのかと思ったのか、彼女は彼の表情をうかがうような目をした。

「お母さんの居場所が分かったら、会いにいきますか」

「考えます。会いにいっていいものかどうかを。……もしかしたら茶屋さんは、わたしの母のことを……」

彼女は顔を少し前へ出した。彼の目の色をのぞいた。

「私は、あなたの話をきいてから、お母さんのことを調べてみました。勝手なことをしたのを許してください」

「いいえ」

マミは首を振った。両方の拳を固くにぎった。

「母が、どこにいるのか、分かったんですか」

「お母さんは、七瀬芳江さんですね」

マミは声を出さず、うなずいて返事をした。

「七瀬芳江さんは、滝川れいのペンネームで作詞をしています」

「滝川れいって、おもに演歌の作詞をしている……。えっ、お母さんが……」

マミは口を開けた。驚きのあまり言葉が出なくなったという顔になった。

「ご苦労なさったのでしょうが、才能のある方なんです」

「わたし、滝川れいの詞が好きで、『春にそむいて』という歌をうたうことがあります。……芳江が滝川れいだなんて」

マミは繰り返して、信じられないといってまた首を横に振った。

「滝川れいさんは、ここの先の文化村に近い松濤というところにお住まいですが、最近、病気をなさったらしくて、現在は静岡県伊東市で静養されているということです」

「母はいま五十一歳ですが、まちがいありませんか」

「そうです。これからもっと活躍なさるでしょう」

マミは胸に手をあてた。夢のなかで話をきいているような気分なのではないか。しばらく瞑《つむ》っていた目を開くと、

「井元さんに電話していいでしょうか」

といった。同郷の人だ。マミを東京へ呼んだ人だときいている。マミより二歳上で、やはり独身だという。

茶屋はうなずいた。

マミは横を向くとバッグからスマホを取り出した。

相手はすぐに応答したようだ。

「わたし、いま、作家の茶屋次郎先生の事務所にお邪魔しているの。……あのね……」

マミは片方の手を胸にあてた。相手がなにかいっているのか、マミはスマホを耳にあてたまま俯《うつむ》いて泣きはじめた。

「会いたいの」

マミは助けを求めるようないいかたをした。

「ここへきてもらいなさい」

茶屋がいった。

マミは、渋谷の道玄坂が分かるかときいた。涙声

で、道玄坂の白と灰色に塗り分けたビルで、一階がカフェだと教えた。

井元温子の住所は品川区大崎《おおさき》。三十分もすれば着けると答えたらしい。

マミは茶屋に、温子が着いたら、滝川れいのことをもう一度話して欲しいと、濡れた瞳のままいった。


三十分あまりして着いた井元温子は長身だった。コートを丸めるようにして抱えると丁寧に挨拶《あいさつ》してから、事務所内を見まわし、茶屋の著書が並んでいる書架をしばらく見ていた。

「去年のいまごろでしたけど、歯医者さんで待っているあいだに、週刊誌に載っていた大井川の物語を読みました。名前を呼ばれたのに気付かないほど無中で読んでいました」

と笑顔でいった。

茶屋は温子に礼をいった。

茶屋は、正面に腰掛けた温子に、マミの母七瀬芳江が滝川れいという売れっ子の作詞家になっていることと、渋谷区松濤の高級住宅街に立派な家を構えていることを話した。

茶屋が話しているあいだに、マミは何度も涙を拭《ぬぐ》った。母があまりにもかけはなれた場所に立っているからか、実母の実感がないのが哀しいからか、ハンカチを目からはなさなかった。

温子はマミをじっと見てから、

「あんた、お母さんがいなくなったとき、何日も学校へいかなかったっていっていたことがあったわね」

といって、マミの背中を撫《な》でた。

姉のような温子はマミに、母に会いにいくかをきいた。

「会いたいけど、会っていいものかどうか……」

マミはハンカチをにぎっていった。

「そうね。子どもがいないことになっているのかもね」

温子はそういって茶屋に顔を向けると、

「わたしがそっと、滝川れいのいまの暮らし向きをさぐってみましょうか」

滝川れいが単独で暮らしていることが分かったら、マミが会いにいくことにする。温子は、「どうか」と、茶屋の顔をうかがった。

「病後の静養を伊東で送っているのなら、身のまわりの世話をする人が付いているのかも」

茶屋はいった。

滝川れいの静養先が伊東としか分からないと茶屋がいうと、温子は、松濤の自宅へいってきき出してくるといって、立ち上がった。

マミは引っ込み思案《じあん》のようだが、温子は積極的だ。彼女はバッグを持つと、マミの肩をひとつぽんと叩いて事務所を出ていった。

温子は三十分ぐらいで、息を切らしてもどってきた。滝川れいが静養している伊東の家が分かったという。

きのう茶屋は、滝川家のお手伝いの舟小屋という女性に、滝川れいが静養しているところをきいたが、教えてもらえなかった。ききかたが悪かったのだろうか。

「伊東市の川奈《かわな》ということですから、別荘地ではないでしょうか」

温子がいった。

「よし。そこへこれからいこう」

茶屋は車でいくことにした。連れ立って駐車場へ向かう。

「いい車をお持ちになっているんですね」

温子は車に乗る前にいって、疲れたら交替しますと茶屋にいった。車の運転には慣れているらしい。

マミを助手席に乗せて、東名高速道を西へ向かった。途中のサービスエリアで食事をして、熱海《あたみ》から伊豆半島へ入り、海岸に沿った道路を走った。道路沿いには温泉の看板がいくつも立っていた。

　温子が松濤の家できいてきたところは、白いペンキを塗った福々産業の保養所だった。そこには管理人がいた。

「こちらに、滝川れいさんがいらっしゃるそうですが」

　庭へ出てきた管理人の男に茶屋がきいた。

　男は保養所の後ろ側の建物を指差して、

「滝川さんは、二か月前まであそこにおいでになりましたが、山梨県南部町《なんぶちよう》の内船荘《うつぶなそう》へ移られました。気分転換のためだと思います」

　内船荘も福々産業の契約保養所だという。

「病後の静養をなさっているそうですが、おからだはよくなられたようですか」

「ここには半年ばかりおいでになって、たまに船に乗られたり、釣りをしたり、東京へお帰りになったりしておられました。ここへおいでになったころより、お顔色もよくなって、少しお太りになりました」

　独りだったのかときくと、二十代半《なか》ば見当《けんとう》のお手伝いの女性を連れてきていたという。ここへはまたもどってくるのか、ときくと、

「それは分かりません」

　歌謡曲の詞を作っていたが、それを知っていたかときくと、

「ここへおいでになって知りました。有名な歌手がうたっている滝川さん作詞の歌のCDをいただいたこともあります。私の家内は、滝川さんにいただいた洋服を他所《よそ》いきにしています」

　滝川れいは、どんな人かと茶屋はきいた。

「口数の少ない、ちょっと冷たい感じの方で、たまに笑うと、目が糸のように細くなります。……お酒が好きで、毎晩飲んでいたので、からだをこわしたといっていました。長いあいだ静岡の病院へ入院したりしていたそうです。そうそう、タバコを日に何十本も喫《す》っていたともいっていました」

茶屋の後ろで、マミと温子は管理人の話を黙ってきいていた。茶屋が振り向くと、マミは顔を隠すようにくるりと背中を向けた。

2

富士川の右岸に沿って上流へと走った。駿州往《すんしゆうおう》還《かん》の富士川街道だ。内船というところへ着いたときには夕暮れ近くになった。川は二つに岐《わか》れて音をたてていた。身延線は川に寄り添っていた。南部町は茶畑が多く、小高い山あいにひっそりとした集落もあった。

二か所で尋ねて内船荘に着いた。平屋の大きい建物で、その横に箱をふせたような格好の洋風の家が建っていて、その家にだけ灯《あか》りが点《つ》いていた。

茶屋が灯《とも》りの点る家へ声を掛けた。

「はあい」

という返事があって厚いセーターを着た小柄な女性が出てきた。髪を後ろで結わえ、二十代に見えた。

「こちらに、滝川れいさんがおいでになりますか」

「はい」

彼女は返事をしたが、警戒しているのか表情は曇っている。

「どちらさまでしょうか」

彼女は茶屋の全身を見てきいた。めったに訪ねてくる人はいないのではないか。

名刺を渡すと、それを見てから奥へ引っ込んだ。滝川れいはなにをしているのか。床に臥《ふせ》っているのだろうか。

四、五分経《た》って引き返してきた女性は、ややきつい目になって、茶屋の用件をきいた。

「滝川先生にお会いしたい。会っていただきたい人がいるんです」

女性は警戒するような目つきになって、茶屋の背後に立っている二人を観察した。

藤色の地に黒い縦縞《たてじま》のセーターの女性が、若いお手伝いの後ろにぬっとあらわれた。その人の顔を見た瞬間、目のあたりがマミに似ていると思った。茶屋の背中で、「はっ」とか「うっ」という短い声がした。

「七瀬芳江さんですね」

茶屋は一歩前へ出てきいた。

七瀬芳江は顔を両手でおおったが、低く唸《うな》るような声を出して床に膝《ひざ》をついた。訪問者の一人が娘のマミだと分かったらしく、床に額《ひたい》をつけるようにして、背中を波打たせた。

「七瀬マミさんです。あなたの娘の……」

芳江は両手を顔にあてて、何度も頭を下げた。

「マミさんを、しっかり見てあげてください」

茶屋がいうと、芳江は声をあげて子どものように泣いた。皺《しわ》くちゃになったような顔をあげたが、また声を出して床に這《は》った。その格好は人気作詞家などでなく、ただの中年女性で、皮膚がくすんで見えた。

マミは涙を拭かなかった。「お母さん」と一声呼ぶと、芳江の両肩をつかんで揺すった。

二人は抱き合い、涙を流し合っていた。話もしなかった。三十分も経つと、マミは芳江の前から退《しりぞ》いて茶屋と温子のほうを向いて、

「ありがとうございました」

といって、手で頰《ほお》の涙を払った。温子が涙声で、

「なにか話さなくていいの」

ときいたが、マミは首を横に振っただけだった。

振り向くと日はとっぷり暮れていて、山影も見えなかった。電車が通過する音がした。

次の日、母娘対面のもようを、茶屋はサヨコとハルマキに話した。

「ふーん」

サヨコは頰をつまみながらきいていた。

茶屋は、母娘の顔のつくりは似ていたといった。

「会うだけで充分。話すことなんてなかったのね」

サヨコは宙でなにかをにらんでいた。

「マミさんは、お母さんに棄てられた理由《わけ》を知りたいでしょうね」

ハルマキだ。

「知りたいでしょうけど、お母さんは一生、それをいわないと思う。自分で愚かさをにぎり潰している。涙を流したこともあった。その愚かさが演歌になってるんだと思う。……わたしは滝川れいのつくった歌詞を読んだけど、『笛吹川』にも『夜泣きのカモメ』にも、『わたしを捨てた』とか、『わたしも捨てた』と書いてる。滝川れいは、彼女なりに、愚かな自分を振り返っているような気がする」

サヨコはそういってから、「夜泣きのカモメ」を鼻でうたった。


三日後、思いがけないことだったが、滝川れいから茶屋宛てに手紙が送られてきた。

それには、娘のマミを会わせてくれたことに対しての礼が書いてあった。一人娘を置いて逃げ出してからは、何度も娘のもとへもどろうとした。だがその思いは、年数が経つとうすらいでいった。自分は情のうすい人間なのかと思うこともあった、と書いてあった。

それから現在は、白糸の滝へいったり、囲炉裏《いろり》をつくってみたり、粘土をこねてみたり、絵を描いてみたり、手織りの織機を仕入れて、帯を織ってみたりしている。若いときに不摂生な生活をしていたのが祟《たた》って、病気にまとわりつかれている。松濤の家へ帰る機会があったら、お礼に立ち寄らせていただく、と書かれてあった。太いペンで大きめの字を書く人だった。

茶屋はマミに電話して、滝川れいの手紙を読んできかせた。手紙を見たいかときくと、

「いいえ」

と答えた。マミは、滝川れいを名乗る七瀬芳江に

手紙を書く気はないようである。「いいえ」というマミの言葉には少しばかり憎しみがこもっているようにもきこえた。

茶屋は先日の母娘の対面を思い出した。母親の芳江は皺くちゃになったような顔をして泣いたが、マミに、からだは丈夫かとも、どこに住んで、どんな仕事をしているのかなどをきかなかった。

対面のときマミは、「お母さん」といって肩を抱いたが、「あなたは、十四歳のわたしを棄てた人」という感情がはしったのではないか。

マミは、茶屋と温子とで、遠方へいくことができたのが楽しかったらしく、

「旅行がひさしぶりだったので、海や広い川を見ることができたのが、うれしかった。わたし、きれいな水の流れている大きい川を見たのも初めてでした。それから、富士山を何か所かで眺めました」

といった。

「お休みの日に、またどこかへいきましょう。私は旅行作家ですので、あちらこちらへ」

電話を切ってから茶屋は、マミは自分の父親のことを考えたことがあるのだろうかと思った。どこのどんな人で、なにを職業にしているのかを知りたくはないのか。母は父とどこで出会い、どうして別れたのか。自分が生まれたとき、父は近くにいたのだろうか。マミは、そういうことも、母からききたいのではないか。


茶屋は、変名にして滝川れいのことを書くことにして、あらためてノートのメモを読んだ。名川シリーズ「富士川」を読んだ人が、すぐにモデルは滝川れいと分かるようでは稚拙《ちせつ》なので、主人公はよんどころない事情で、十歳の男の子が眠った夜中に、子どもに手を合わせて、そっと家を出ていく人にした。その人は男で職業はイラストレーター。仕事を山のように抱えていることにした。

書いているうちに、身延町にいる仏師《ぶっし》の今宮十郎

を思い出した。彼は、だれが訪ねてこようがそばにいようが、脇目もふらずに鑿《のみ》を動かしている。菜々緒の祖父である。娘の千穂は、「父は変わり者です」といっている。

茶屋は、その変わり者に会いたくなった。

マミに電話で、今度の日曜に山梨県の身延町というところへドライブしないかといった。

「先日いった内船というところの近くですか」

彼女は、母の姿や顔を思い出しているだろう。

「富士川のもう少し上流です」

「なにがあるんですか」

「山の上に身延山久遠寺という大きいお寺があります。日本を代表する信仰の聖地ともいわれているんです。ですが私の目的は身延の街で、仏像を彫っている人に会うためです。先日訪ねたときは、疫病《えきびょう》を除《のぞ》く神といわれている鍾馗《しょうき》を彫っていましたが、それは完成したでしょう。……いまは、なにを彫っているのか」

茶屋は、鑿の頭を叩く音をきいた気がした。

「珍しいお仕事をなさっている方なんですね」

「仏師といって、芸術家です」

マミはいってみたいといってから、温子を誘っていいかときいた。

ぜひ一緒に、と茶屋は答えた。

マミとの電話が終わるのを待っていたように牧村が電話をよこした。彼は、仕事はすすんでいるかときいた。

「まず順調だ。ところで、今度の日曜はなにか予定でも」

「いや、なにも。家でごろごろしているだけだと思いますが、なにか」

「身延町の今宮家を訪ねたいが、一緒にどうだ」

「いいですね。今宮さんというと、仏像を彫っている方でしたね」

「そう。いまはなにを彫っているかを知りたい。今宮十郎氏の姿を見ていると、頭のなかのもやもやが消えていくんだ」

「ほう。茶屋先生も頭のなかにもやもやが……」

「あるんだ。私とあんたは、重大なことを隠しているじゃないか」

「暗い高架橋の件ですね」

「あんたは、後ろ暗さを感じていないのか」

「感じていますよ。いつかはバレるか、出頭して自白をしなくてはって、考えることがあります」

牧村を見ていると、罪の意識など微塵《みじん》もないようだが。

茶屋は話を今宮家にもどして、今度の日曜のドライブは女性が二人加わるといった。

「若い人ですか」

「三十四歳と三十二歳だ」

「若いほうですね。一緒にいきましょう。途中で、うなぎを食って」

「うなぎを。なぜ」

「富士川から想像したんです。川といえば、うなぎ」

では、途中でうなぎを食わせる店を見付けたら入ろうといって電話を切った。

3

日曜の午前十一時きっかりに、井元温子と七瀬マミは、茶屋の車の前へあらわれた。温子はグレーのコート、マミはベージュのコートを着ていた。五分遅れて牧村が着いた。彼は、紺と茶とピンクの糸を織り込んだチェックのコートだ。茶屋は厚手のジャケットで、コートを着ていない。

牧村は、温子とマミに名刺を渡し、

「女性サンデーは、売れゆきが目下《もっか》第二位です。茶屋先生に木曽川を連載していただいたとき、第一位になった週がありました」

彼はそういうと、茶屋に断わらず後部座席へすわった。隣は温子で、マミは助手席に乗った。

きょうも好天だ。綿のような白い雲がゆっくりと東へと流れている。

御殿場を過ぎたところで、「思い出した」と、牧村が叫ぶような声をあげた。正面に富士山を見てなにかに気づいたのかと思ったら、うまいうなぎ屋を思い出したといった。温子もマミもそろそろ空腹になったろう、ときくと、けさの温子は、牛乳に茹で玉子だったといい、マミは、パンひと切れにコーヒーだったといった。

牧村は、「けさはなんだったたっけ」と、後部座席で首をかしげているようだった。

「先生のけさのお食事は」

温子がきいた。

「パンにハムをはさんで、コーヒー。あとチーズも食べた」

牧村の道案内で年数を経ていそうな店へ入った。わりに大きいうなぎ専門店で、調理場は煙のなかだった。名の知れた店なのか客が何人も入っている。

ねじり鉢巻きの板前は忙しそうだ。黒い前掛けの若い女性店員は、通路を小走りに行き来している。

四人とも「うな重の松」にした。吸い物の脇の小皿に奈良漬けと野沢菜漬けが盛られている。茶屋が吸い物の椀を持ったところへ、牧村が、爆発するようなくしゃみをした。山椒《さんしょう》を吸い込んだらしい。温子とマミは笑いながら箸《はし》を持った。

富士富士宮線を北へ向かって、白糸の滝に着いた。温子もマミもこの景勝地を知らなかったといった。いくつかの売店が並ぶ坂道を下ると、地面を打つ音がして、冷たい空気が頰《ほお》を撫でた。霧である。階段を下ると温子が悲鳴のような声をあげた。森林に囲まれた薄暗がりに白い帯が垂れている。

マミは、「ひゃっ」といって胸をかこんだ。垂直の黒い壁に幅の異なる白い帯と糸が垂れ、霧を巻きあげ、地面を叩いていていた。温子とマミは両肩をつかんで動かなくなり、言葉を失っていた。

観光客が十人ばかりいたが、みな霧をかぶって震えていた。夏場は人混みになるにちがいない。

身延町の今宮家に着いた。音はしていなかった。ストーブに火が入っている作業場をのぞくと、十郎が背中を向けて、床に置いた物を見ていた。茶屋が声を掛けると振り向いて、

「ああ、茶屋さん」

といってにこりとした。めったに笑顔を見せない人だが、きょうは、いいところへきてくれたといっているようだった。薄い座布団にすわっているが、彼の前には作りかけの木材も木っ端《こつぱ》も散っていなかった。

彼が広げている物は一メートル四方ぐらいの白黒写真だ。

「盧舎那仏《るしやなぶつ》ではありませんか」

茶屋がいった。

「よくご存じですね」

「これをお作りになるんですか」

「この写真は、唐招提寺《とうしようだいじ》のご本尊です。彫ってくれといわれていますが、完成させるのに二年はかかると踏んでいます。やりとげられるかどうか。本物を拝みに、あした奈良へいこうと思っているんです。なにしろ坐像の背後の化仏《けぶつ》の数がすごい。元は一千体あったといわれています。どうしたわけか、現在は八百六十体あまりになっているそうです」

彼はそういってまた写真に目を落とした。

「唐招提寺の盧舎那仏は、たしか三メートルぐらいの高さでしたが」

茶屋がいうと発注者は、二分の一ぐらいの大きさがいいといっていると十郎はいった。

十郎の三メートルほど前には細かい作業をするさいのテーブルがある。その上には画用紙が置かれていた。絵が描かれているので茶屋は無遠慮にそちらへ首を伸ばした。

絵の左肩に「食べ物をさがしにいったジョンは、水を飲みにきた狼《おおかみ》に嚙《か》み殺された」と黒い字が書

いてあった。茶色の狼が三匹、目を光らせている。その中央に白い犬が横に斃《たお》れている。

絵はもう一点あった。「ジョンの帰りを待つ仲間たち」と赤く書かれていて、五匹の白い犬が、不安そうに遠くを見る目をしている。

十郎が描いた絵かときくと、彼は首で「そうだ」といった。

「血筋だ」

茶屋は肚《はら》のなかでいった。菜々緒が描く異様な絵を思い出したのである。彼女はいま、どんな絵を描いているのか。あるいは描こうとしているのかを知りたくなった。

「菜々緒さんが描いた絵を、ご覧になったことがありますか」

茶屋は十郎にきいてみた。

「中学のときに描いた絵を見たことがあります」

「それは、どんな絵でしたか」

「動物を描いていました」

「動物といいますと」

「頭が猫で。胴が犬の絵だったのを憶えています。それから、皿にのっている鯛のような魚が、猫の顔に噛みついている絵……」

十郎はそういうと、菜々緒の暮らしを思ってか目を瞑った。可愛い孫で、自分に似たものを持っている娘だといっているようでもあった。

牧村も、温子も、マミも、十郎が彫るつもりの仏像の写真を見たし、描いた絵も見たが、なにもいわず腕組みしていた。想像したこともない変わり者に出会って怖気《おじけ》づいているようでもあった。

母屋《おもや》のほうで女性の声がして、作業場の戸が開いた。

「ああら、茶屋先生……」

顔をのぞかせたのは市川大門に住んでいる富永ふさ絵だった。十郎の次女である。彼女は自宅で縫製の仕事をしているが、実家へはちょくちょく顔を出しているらしい。

彼女は、牧村と二人の女性に挨拶すると、お茶を出すといったが、茶屋が帰るところだからと遠慮した。ふさ絵は、温子とマミの着ている服を見ていた。

車の運転を温子が替わった。彼女は勤務先でもたびたび車に乗る機会があるという。

富士川に沿うみのぶ道を遡《さかのぼ》って、市川大門から笛吹ラインに入って、笛吹川を左に見ながら甲府市に着いた。目的は甲斐善光寺参りだ。巨大なお寺である。日曜のせいか赤い本堂の前には参詣《さんけい》の人が何人もいた。

「大きいし、きれい」

温子とマミは、右にも左にも首をまわした。階段を踏んで本堂をのぞいた。境内《けいだい》には石像がいくつもあった。石仏の前で線香の煙が地を這っていた。

枝振りのいい松に石仏群が囲まれている。石仏群は長年の風雪にさらされて黒ずんでいる。そこへ近寄った牧村が声をあげた。石灯籠《いしどうろう》の前に人が倒れていた。茶屋が駆け寄った。髪が真っ白い老婆であった。普段着のような服装だからここの近所の人かもしれなかった。口を動かして震えているが声は出さなかった。

牧村が救急車を呼んだ。茶屋は老婆を抱いていた。四、五分後に救急車が着いた。

「危なかったなあ。お婆《ばあ》さんは、八十代半《なか》ばか九十歳ぐらいだった。発見が遅れたら、寒さのせいで亡くなっていたかも」

四人は救急車を見送った。マミは無事を祈るように手を合わせていた。

甲府駅近くの武田信玄像の前へ四人が並び、通行人にスマホを渡して写真を撮ってもらった。

渋谷の事務所へ着いたときには日が暮れた。四人は渋谷駅近くのレストランへ入った。

「お疲れさまでした」といって、ビールで乾杯した。

マミの話だと温子は酒豪《しゅごう》だという。

「酒豪だなんて、いわないで」

温子は笑いながら顔の前で手を振った。

「どのくらい飲めるの」

牧村がきいた。

「試したことはありませんけど、真冬に青森へいったとき、日本酒を五合ぐらい飲んだことがあります。そのあと外へ出て、雪合戦をしました」

「ほう。そりゃ強いほうだ」

牧村はいってから急に真顔になって、

「善光寺で倒れていたお婆さん。回復しただろうか」

といった。珍しいことに心配顔だ。

消防署に問い合わせてみるといって、店の外へ出ていった。

温子は、ビールは水のようなもので、酒を飲んだ気がしないといって、ウイスキーのロックをオーダーした。

「きょうは、楽しい旅行をさせていただきました。……白糸の滝も凄《すご》かったけど、仏像を彫っているという今宮さんの姿。わたしは後ろから見ていましたけど、今宮さんが仏さまのように見えました。今度は、実際に仏像を彫っているところを見たい」

マミは、ビールを少しだけ飲んだ。からだに気を遣っているようだ。母親の滝川れいは病後の静養をし、好きなことをしているようだが、自分はそれを頼ることができないし、働きつづけなくてはならないと思っているだろう。「お母さん」と呼んで、滝川れいのもとへいこうとは考えていないようだ。

滝川れいは豪邸に住んで、保養のために別荘を転々としている。その別荘は福々産業といって大企業の持ちものだ。彼女と福々産業は、公《おおやけ》にはできない関係で結ばれているのだろう。七瀬芳江が滝川れいになれた陰には、福々産業の力がはたらいているのだろうと、マミは考えているにちがいない。

救急に問い合わせの電話をした牧村が席へもどってきた。病院へ運ばれた老婆は、医師や看護師から住所や氏名をきかれただろう。

「お婆さんは、甲府市内の人じゃないらしい」

「善光寺の近くの人じゃないのか」

茶屋は首をかしげた。

「名前は答えたが、遠くからきたとだけいったというんです。警察官が病院へきて、お婆さんの回復を待っているらしい」

「なんという名前」

「まどころといったらしい」

姓はたぶん間に所と書くのだろう、と茶屋がいった。

「遠方からきたというと、単独で甲府へきたのではなく、だれかに車に乗せられてきたんじゃないか」

茶屋は、老婆が普段着のような服装だったのを思い出した。古びたシャツにセーターを重ね着して、黒いズボンを穿《は》いていた。コートは持っていなかったし、彼女の近くにはバッグなどは見あたらなかった。

警察官は繰り返し、住所などをきいているだろう。言葉をきいて、訛《なまり》があれば出身地や住んでいた土地を知ることができる。

何者かは老婆を車に乗せて遠方から甲府へやってきた。目的は甲斐善光寺参りではなかったのではないか、と茶屋はいった。

「お寺参りではなかったというと……」

牧村は眉間《みけん》に皺を立てた。

「棄てるために遠方から甲府へ」

「姥捨《うばす》て……」

「そんな気がする。生活に困ったか、厄介者になったので、遠方からやってきて、お寺へ置き去りにしたのかも。昔のある地方では棄老《きろう》が習慣化していたらしい」

茶屋がいうと温子は、あきれたというふうに口を半開きにしたが、マミは寒気を感じたような顔をした。

4

茶屋は、どこからともなくきこえてくるクリスマス音楽に背中を押されるようにして事務所に着いた。

「おはようございます」

サヨコとハルマキが声を合わせた。

茶屋の出勤を待っていたように牧村が電話をよこした。

「善光寺の境内に倒れていたまどころふみというおばあさんの身元が、わかりそうですよ」

牧村は、けさも甲府の警察へ電話で問い合わせしたという。

「なにがわかったの」

「おばあさんは、きのうからけさにかけて何度も、『かったるくて、かったるくて』といっているらしい。それは静岡県の人がいう言葉で、疲れているということらしいです。それから、セーターの裏には古いお守りが縫いつけられていたそうです。お金はまったく持っていなかった」

「お守りには、寺社の名は？」

「久能山《くのうざん》東照宮《とうしょうぐう》」

「もしかしたら静岡市付近の人の可能性が」

警察は静岡市内の役所へ「まどころふみ」という名を照会していることだろう。それが本名なら間もなく身元が判明するはずだ。

お守りを縫いつけたのは自分だろう。それが古くなっているというから、何年も前にやったことだろうと思われる。

まどころふみは、警察官に聞かれて氏名を答えたが住所まではいっていないらしい。というと認知機能が衰えているのか。

そういう人が寒空の下に倒れていた。善光寺へは自分の意思で訪ねたのか。だれかに連れてこられ、置き去りにされたのか。自宅から姿を消した人なら行方不明者の捜索願が出されたはずだ。それがないらしい。

「やっぱり棄てられたんですよ、気の毒に」

牧村は老婆の健康を気にかけていて、もしも死亡したら殺人になるのではないかといった。

牧村との電話をきいていたサヨコとハルマキは、曇った顔をした。

「お年寄りを棄てるなんて、どういう事情があったんでしょうか」

サヨコだ。

「たとえば、年寄りの面倒を見るために、勤め先へいけないとか、外出もままならない。そのために経済的にゆきづまったとか」

茶屋は未経験だから、想像をいった。

「そういう状態になったら、福祉の機関に相談して、最善の方法を考えるとかができるんじゃないでしょうか」

「理想はそうであっても、複雑な事情がからんでいて、公の機関に相談もできないという家庭もあると思う」

「相談ができないんじゃなくて、しないんですよ。たとえば、同居人がいるけど、その人もからだが不自由になったとか。役所の人の目の届かないところに、困っている人とか、危険な状態をはらんでいる人は、あちこちにいるような気がします」

また牧村から電話が入った。

「おばあさんの身元が判明しました」

静岡の警察から連絡があったという。

「氏名は、間所ふみ。住所は静岡市清水《しみず》区で八十九歳。去年の春、夫が九十一歳で死亡した。夏には同居していた長男が六十四歳で病死した。ふみは、長男の妻と二人暮らしをしていたんです」

「では、ふみを善光寺へ連れていったのは、長男の妻か」

「そう。間所悦子《えつこ》という六十二歳。彼女は自分の車に義母を乗せて、善光寺へ。身元のわかるような物を持たせず境内へ置き去りにすれば、だれかが見つけて保護する。認知症がすすんでいて、満足に口を利《き》けないので、身元が判明することはないだろうと踏んでいたそうです。……それから」

牧村の声が変わった。彼は受話器を固いところへ置いたらしい音をさせて、洟《はな》をかんだ。珍しいことに涙ぐんだようだ。

「間所ふみさんは、甲府の病院へ収容されたとき、ろくに口を利けない状態でした。それは年齢のせいと、寒さと、疲労のせいだと思われていたんですが、じつは前の日からなにも食べていなかったんです。医師が空腹だと認めて、ご飯を与えたら、彼女はお代わりをしたということです」

「殺人未遂だ。ふみさんは、いまはどこでどうしているのか」

「甲府駅近くの大きい病院で、寝《やす》んでいるそうです」

「鬼嫁だな、間所悦子という女は」

「先生はぜひ、その鬼嫁を取材してください。どこの出身か、子どもはいたのか。職業の経験はあるのかなど」

「いまはブタ箱に入れられていると思う。出てきたら会ってみよう」

「近所や知人からの聞き込みでもいいじゃないですか」

考えておこうと茶屋はいって、電話を切った。

彼は、善光寺の境内へ置き去りにされた間所ふみに会いたかった。からだが回復したら静岡市清水区の自宅へ帰るのだろう。そこでの独り暮らしが無理なら、福祉施設にでも入るのか。ひょっとすると、彼女には資産があるのかも。鬼嫁の狙いはそれだということも考えられる。多額の預金などを所有している高齢者は危険なのだ。

きょうは身延町の仏師の今宮十郎のことを書くつ

もりでペンを持った。デスクの電話が鳴った。ドスを効かせた低い声が、

「茶屋さん」

と呼んだ。

どこのだれか分かったが、「どなたですか」とわざときいた。

「富士宮市の矢吹です。お忘れではないでしょうね」

「忘れていました。私は毎日忙しいのでね。ご用はなんですか」

「とぼけないでくれ。働けなくなった新富伸行のことを」

「忘れてはいない。困っているようだったので、先日、お金を貸してあげた」

「あれっぽっちの金額で、生活してけるって思ってるの？　新富には十代の娘が二人いるんだよ」

「無関係のあんたに、あれっぽっちなんていわれたくない。困っているというので、気の毒だと思って貸したんじゃないか。新富さんの面倒をあんたが見てやったら。……きょうはなんの用事だ」

「あんたって、態度がでかいんだな」

「大きなお世話だ。チンピラとなんかにかかわり合ってなんかいられない」

「茶屋さん。耳の穴よくほじってきいてくれ。……四十二歳の男が、大怪我《おおけが》をして働けなくなっているんだ。なぜそういうことになったのかを、あんたはよく知っているはずだ。おれは長々と文句や説教をするのが好きでない。おれがなにをいいたいかが分かっているはずだ。新富に、もっと金を送ってやって」

矢吹は電話を切った。うす気味の悪い低い声が耳《じ》朶《だ》に貼り付いた。

矢吹の脅しの声をきくと、菜々緒を思い出す。きょうの彼女はどうしているのか。秀一を抱いて牧場の牛を見せているのだろうか。

菜々緒に電話してみようかと思ったところへ、千

穂が電話をよこした。

「日本橋一番館画廊の下村さんからたったいま電話がありまして、菜々緒が描いた絵が売れたとおっしゃいました」

画廊では菜々緒の絵を展示していたのだろう。

「売れたのは、どの絵ですか」

下村は菜々緒の作品を三点持っていった。

「気味の悪い二点です」

女が人間の骨らしいものをしゃぶっているのと、女が太い蛇《へび》の胴体に噛みついている絵だ。美しい湖の風景画は売れていないらしいという。

「二点とも無気味だが迫力があった」

「下村さんがおっしゃるには、近いうちに怪奇画展を開く計画があって、その展覧会には菜々緒が描いた二点を出展してもらうことにすると」

「鑑賞に訪れた人たちは、あの二点を見て、度肝《どぎも》を抜かれると思います」

「あのような絵を好む人っているんですね」

千穂と話していて思い出したことがあった。

「身延のお父さんも、絵をお描きになるんですね」

「父が描いた仏像の絵を見たことがあります」

「きのう私は、友人たちと白糸の滝などを見るドライブをしました。その途中、今宮さんを訪ねました。十郎さんは、盧舎那仏制作の注文を受けたので、唐招提寺を訪ねて、本物を見てくるといっていましたが、仏さんの前に絵があったので、それを拝見しました」

「仏像の絵ではなかったんですね」

「狼と犬の絵でした。不安げな目をした表情が描かれていて、菜々緒さんの絵のうまさは、やはり祖父ゆずりだと感じました」

千穂は菜々緒に、絵が二点売れたことを電話で伝えるだろう。菜々緒はよろこぶだろうか。それとも、他人事のような無感動な返事をするだろうか。

菜々緒は函館でも絵を描いているらしい。

「描け、描け」という地底からの声に突き上げられて筆をにぎるのだろう。

先日は、三日月が赤子を抱いている絵を描いたといっていたようだが、彼女の目の裡《うち》にはときどき、頭が二つに割れ、そこから牙《きば》を剝《む》いた邪鬼のようなものが、両手を広げて躍《おど》るのではなかろうか。

茶屋は菜々緒と話したくなった。いまは母親の千穂が電話しているだろうから、一時間ばかりあとに電話することにした。

サヨコは、菜々緒が描くものに関心があるようなことをいった。上野の美術館へいったこともあるという。ハルマキは、地元の図書館の廊下に並べられていた美術学生の描いた絵を見たきりで、美術館へ入ったことはないという。

「先生はどんな絵が好きなんですか」

サヨコがきいた。

「秋野不矩《あきのふく》のインドの大地を描いた絵。それと美術館がいい。山あいの尾根に、泥と板で出来た砦《とりで》に似た建物。内部は漆喰《しっくい》や、焼けた木を使っているんだ」

彼女は、ふうんといったが、浜松市の秋野不矩美術館へいってみたいとはいわなかった。

「思い出した。釜石菜々緒さんが描く絵も、気味が悪いけど、去年だったかもっと前だったか、絵の写真を見て、鳥肌が立ったことがあった」

サヨコは寒気をおぼえたように首を震わせた。

「どんな絵」

ハルマキがきいた。

「なま首の絵。首は生きてるように目を開けている。そのまわりに無数の蛇がのたうちまわっているの」

「気持ち悪い」

ハルマキは腕で胸を囲んだ。

茶屋は、菜々緒に電話した。風邪でもひいたのか、しゃがれ声が応じた。

声がおかしい、と茶屋がいうと、

「いま、カズノコを食べたんです。それが喉《のど》にからんで……」

彼女は老人のような声でそういって咳《せき》をした。

茶屋は、絵が売れたことをお母さんからきいたといった。

「そのようです」

菜々緒は何も感じていないようだ。彼女にとっては、絵が売れようが、押入れのなかで眠っていようが関係のないことのようだ。画家として一本立ちしようという意志もないのかもしれない。地底から突き上げてくるものに動かされて描いているだけといっているにちがいない。

茶屋は、いまどんな絵を描こうとしているのか、あるいは描いているのかをきいた。

「素っ裸の女性の乳房に吸いつこうと仔豚が十匹、争っている」

「ほう。仔豚か」

「もう一点描こうと思っているのは、湯上がりの素っ裸の女性の背中で、太った猫が爪を研《と》いでいるところ」

どうやら素っ裸の女性に執着しているようだ。

参考になりそうな絵葉書が必要なら、手にいれて送るが、と茶屋がいうと、

「いいえ。結構です。わたしは他人の作品を見たくないので」

「そう。よけいなことをいって、すまなかった。……あたりまえのことだが、秀一ちゃんは可愛いだろうね」

「はい。わたしはいつも頬《ほ》っぺたに吸いついています」

「近いうちに、東京で怪奇画展が催されるらしい。それにはあなたの作品も展示されそうだ。見にくるだろうね」

「いいえ。わたし、他人の作品に興味ありません」

茶屋は、気が向いたら、草原に遊ぶ牛を描いて欲しいといった。

「描きます。牛が白い息を吐く朝の牧場の風景を」

朝の牧場を描いた絵が売れたとしたら、菜々緒は本物の画家といえるだろう。

七章　冬の滝

1

　茶屋は、甲府駅近くの病院へ間所ふみを見舞った。警察からあずけられた患者なので、少しばかり手続きが必要だった。

　彼女は薄い縞《しま》のパジャマを着ていた。警察の配慮か個室だ。ベッドに仰向《あおむ》いて、呪文のようになにかをつぶやいている。茶屋は二メートルほどはなれた位置から彼女を観察した。だれかになにかを語りかけているらしい。彼女の目には、話をきいている人が映っているのだろうか。

　ベッドに一メートル近寄った。が、彼女は茶屋を見ようとはしなかった。

　彼女は両手を動かしはじめた。看護師にきくと、一時間ばかり喋《しゃべ》りつづけ、疲れると目を瞑《つむ》り、目を開けると喋りはじめるのだという。

　彼女は、息子の嫁に棄てられた人だ。病院を出ることになったらどうするのか、と茶屋は看護師にきいた。静岡市の高齢者福祉養護施設で生活することになるだろうという。

　ふみは、急に大きい声を出して片方の手を振り上げた。

「魚釣りをしているようなんですよ」

　看護師がいった。

「そうか。魚を釣り上げたのか」

　茶屋は、「魚が釣れましたか」といってベッドに近づいた。

「かえるだ」

　ふみは頭の上へ振り上げていた拳を見ている。

「蛙《かえる》です。きのうも蛙を釣り上げたといっていました」

看護師はふみの上半身を起こすと、水を飲ませた。ふみの皺《しわ》の寄った手は薄く、指は細かった。彼女は茶屋の顔をじっと見てから、おじぎをするように首を少し動かした。どこのだれかをきかなかった。

病院を出た茶屋は、笛吹川と富士川に沿って下り、清水に着いた。

間所ふみと悦子の住所は幸町で、いくぶん濁《にご》った色をしている巴川のすぐ近くだった。「間所」という表札の出ている木造二階建ての古い家は、固く戸締りされていた。茶屋は近所の家の主婦に間所家の暮らし向きをきいた。

去年の二月、ふみの夫が老衰で死亡した。それを待っていたかのように、悦子の息子と娘が家を出ていった。息子と娘は三十代だったが、結婚していなかった。八月には、ふみの息子であり悦子の夫が病死した。家に残ったのはふみと悦子だけで、認知症状がすすみつつあったふみの面倒を悦子が見ていた。

悦子は港町の缶詰工場に勤めていたが、ふみが外出先で迷ってしまうことがつづいた。住所を書いたものを持たされていたので、徘徊していたふみは他人に連れられては家にもどっていた。交番へ連れていかれたことも、パトカーを呼ばれたこともあった。そのたびに勤務中の悦子は警察に呼びつけられた。そうしたことがたびたびあり、悦子は会社に勤めていられなくなった。

隣家の人は、昼といわず夜間といわず、「間所さんの家から悲鳴がきこえることがあった。たぶん、ふみさんが折檻《せっかん》されていたんだろう」といった。

正常でなくなった家族に腹を立てて折檻するというのは珍しい話ではないが、遠方へ連れ出して、置き去りにする人はめったにいないのではないか。

ふみが甲斐善光寺へ連れていかれた日の悦子は、近所の何人かに、「義母《はは》がいなくなった」と、心配顔を見せていたという。

　茶屋が隣家の主婦と話していると、裏のほうで犬の鳴き声がした。空に向かって遠吠えしているような声だ。

「カイトという間所さんちの犬。家族がみんないなくなってしまったんで、うちでご飯をあげているんです。日に何度か、人を呼ぶように空を向いて鳴くんです」

「カイト……」

　茶屋はつぶやいた。不思議な偶然だった。今月の初めだったが、勝沼の暗がりの橋の上に人待ち顔をして立っていた、快斗という名の男の子を見つけた。その子が持っていた便箋《びんせん》の文章を読んで、父親がいないようだし、母親に置き去りにされた子だと知り、自宅へ連れ帰ったのだ。

　隣家の裏へまわった。茶色の柴犬がいた。茶屋が近寄ると、尾を振り前脚を上げた。

　警察で取り調べを受けているにちがいない悦子は、いつ放免されるのか分からない。

　茶屋は、渋谷の料理屋手まりへ牧村を招《よ》んだ。

　二人はカウンターに並んで、カツオとホッキ貝の刺し身で酒を飲んだ。飲み食いしながら、茶屋は間所ふみの容態《ようだい》と、悦子のひととなりを話した。

「悦子という人は、人に好かれない性《たち》なんだね」

　牧村がいった。息子も娘も、悦子とは一緒に暮らしていたくないというふうに、家を出ていったようだ。

「茶屋先生もおれも、身内から嫌われるような年寄りにはなりたくないね」

　牧村だ。

　そういわれて茶屋は自分の結婚生活を振り返った。一度結婚したが、妻は茶屋が仕事、仕事といって、家にいないことの多さに不満を抱いていた。口数の少ない人だったが、ある日、たまりかねたように、日ごろ抱いていた不満を口にした。我慢が限界を超えたといって、一人娘の手を引いて茶屋のもとをはなれていった。その後、話し合いをして、正式に離婚し、妻が娘と暮らしている。茶屋は、年に二回は、高校生になった娘と会っている。

茶屋には公務員の兄が一人いる。兄は公務員同士で結婚して、娘と息子をもうけて、都内に住んでいる。家庭は円満そうである。その兄とも年に二回は会うことにしている。

茶屋のポケットで電話が鳴った。釜石千穂からだった。

「菜々緒が描いた、三日月に抱かれている赤ん坊の絵の写真を、見ていただきましたよね」

今夜の彼女の声は明るかった。

「ええ。可愛い赤ん坊の……」

「その絵も売れたそうです。……娘が描いたものが売れるなんて、信じられないことです」

母親の彼女はうれしくて、黙っていられなくなり、茶屋を思い出したようだ。


茶屋は、ととのった顔立ちの菜々緒を頭に浮かべた。澄み渡るような正常と、地獄に頭を突っ込んでいるような異常の、両面を抱いている十八歳だ。

茶屋は、笑みを浮かべながら、煮物を皿に盛っているマミに、特異な才能を持っている十八歳の女性のことを話した。すると彼女は顔を上げて瞳をくるりと動かしてから、

「もう一度、白糸の滝へ連れていってくれませんか」

と、思いがけないことをいった。

なにかを思い出したのかときくと、マミは首を振って、

「冬の滝を、もう一度見たくなりました」

と、真剣な目をした。菜々緒の話に誘発されたようである。

彼女は、歌の詞をつくっている人の娘だ。親は滝川れいといって売れている作詞家だ。その母親の才能の一部分を、マミが受け継いでいても不思議では

ないだろう。

「わたし、ずっと前に、芝居をつくってみたいって考えたことがありました。入院中それを思い出して、いつかは実現させたいと考えています」

「芝居をつくるって、脚本を書くっていうこと」

牧村が盃《はい》を持ったまままきいた。

「演出です。いい脚本に出合えたら、舞台で役者を動かしてみたい」

「それを実現させたら。知り合いに演出家がいるので、よかったら紹介するよ」

牧村は、盃を干した。

「知り合いの演出家って、だれ」

茶屋がきいた。

「川下信次《かわしもしんじ》」

有名な人だ。元は俳優だったが演出家に転向し、名作といわれているテレビドラマの演出も手がけている。

六十代ではないかと茶屋がいうと、

「そう。六十代になってから、いい作品に出会えたといっている。体力のいる仕事だが、残念なことに、あまり丈夫《じょうぶ》でない」

「お名前だけは、知っています」

マミはいってから頬《ほお》をゆるめた。

彼女は、白糸の滝をもう一度見たいといった。あの無数に白い糸を垂れている細い滝と、芝居の演出とは関係があるのだろうか。茶屋は、微笑を浮かべながら、鍋の煮物を皿に盛りつけているマミを観察した。

彼女の顔を正面からも横からも見ているうちに、茶屋はふと思い付いた。素顔はいくぶん寂しげだが、化粧映えしそうな顔立ちだ。彼女は、芝居の演出をしたいといっているが、和服を着せて、舞台に立ったらどうだろうか。そして、「北のはずれの海の色」とか、「夢を裏切る海猫の声」とかと、演歌をうたわせたらどうだろうか。

彼女は背中を向けたとき、茶屋は思い付きを牧村にそっと話してみた。

まだ酔いがまわっていない牧村は、あらためてマミの長い襟足や、腰のあたりに目を据えてから、

「いいね」と、カウンターを軽く叩いた。が、ほとんどの演歌歌手は十代のころにうたのうまさを認められ、作曲家について何年か後に、表舞台に立てるようになっている、といった。

「だが……」

牧村は腕を組むと、マミの背中を見直した。

「今度の日曜に、白糸の滝へ、もう一度いきましょう」

茶屋がマミにいった。

「うれしいけど、無理をなさらないで」

マミは振り向いた。切れ長の目が笑っていた。からだはすっかり回復したようだ。

2

年の暮れもつまった日曜、茶屋は車に牧村と七瀬マミと井元温子を乗せて、白糸の滝に着いた。

無数の滝はきょうも地を打つ音を響かせていた。

空は晴れているが風が冷たい。降りかかる霧は氷を浴びているようだった。観光客は数人しかいなかった。みんな霧をかぶって震えていた。

林のなかから垂直の壁に落ちる白い帯は烈《はげ》しい。岩が黒ぐろとしているから滝は際立って美しい。

「滝が役者で、岩は舞台ですね」

マミがつぶやいた。

そうか、マミは舞台を見たかったのだ。彼女の母の滝川れいは、娘を棄てた愚かさを詞《うた》にしているのではないか。詞を生んでいるのは、白い滝を流している黒ぐろとした岩の壁なのだろう。見ていると霧のなかを黒い鳥が何羽か飛んでいた。まるで滝と霧

をぐって乱舞しているかのようだ。

年があらたまった。朝から舞っていた小雪がやんだ日の夕方、牧村が演出家の川下信次を連れて、茶屋の事務所へやってきた。丸顔で、髪が少し薄くなっている。大きい目は映ったものを見逃さないといっているように光っていた。

三人で料理屋の手まりへいってカウンターに並んだ。女将《おかみ》は川下を見て、なにかで見たことのある人だといった。牧村が、有名な演出家だと紹介した。

「芝居の演出をやってみたいといっている人です」

牧村が、マミのことを川下にいった。

川下はなにもいわず、仕事をしているマミをじっと見ていた。

マミが正面に立った。

「イタの上に立ったことは」

川下がマミにきいた。

「舞台のことですね。ありません」

川下はマミに名刺を渡して、現在、芝居の稽古をしている会場を教え、気が向いたら見学にきなさいといった。

「ありがとうございます」

マミは川下の名刺を拝むように両手で持った。

三人は食事をすませて外へ出ると、牧村がスナックで飲み直そうといった。彼は川下の酒好きを知っているのだった。木曽屋を思いついた。牧村は一年ほど前に茶屋に連れられて飲んだことのある木曽屋を憶《おぼ》えていた。

きしみ音のするようなドアを開けると、

「あらっ、茶屋さん」

ママの織江が高い声を出した。客が二人いたが一人は目を瞑っていた。マスターの大野長吉郎は、きょうも猫を抱いて、置物のように奥の壁にくっついていた。川下は長吉郎を観察するように見ていたが、目下《もっか》稽古をしている芝居に使ってみたいといった。冗談かと思ったら本気のようだった。どんな物語かと茶屋がきいた。

「姥捨《うばす》ての話なんですが、山のなかへ棄てられた年寄りの男は、きょうからは自由だといって、解放感に手足を伸ばして、夜な夜な街へ飲みに出掛ける。彼は家族に隠していた金を持っていた。そして、『可愛いねえちゃんを一人頼む』などといっている。毎晩、遊んでいるうちに生き生きと若さが蘇《よみがえ》ってくる」

「その芝居、面白い」

牧村は、笑いながら真剣な顔をして、演《や》ってみないか、と長吉郎にいった。

「使いものになるんなら……」

長吉郎はカウンターへ上半身を乗り出した。

世田谷《せたがや》区内の公園内にある美術館で、怪奇画展が開かれた。

釜石菜々緒の作品は四点出展されていた。すでに所有者の手に渡っていた、白骨をしゃぶっている女と、蛇《へび》の胴に歯を立てている長い髪の女の絵。少しはなれた位置に、素っ裸の女の背中で爪を研《と》いでいる黒猫と、素っ裸で横たわっている女の乳房に吸いつこうと、十匹の仔豚が争っている絵がかけられていた。

茶屋は、サヨコとハルマキを伴って見にいったのだが、二人は菜々緒の四点の絵の前で目をふさいだし、寒さをこらえるように胸を囲んだ。

お化けや幽霊の絵があったが、菜々緒の絵と比べたら、いくぶん迫力が欠けていた。

「わたし、今夜は、ご飯を食べられないかも」

サヨコは両肩をつかんだ。

怪奇画展を見たあと、茶屋とサヨコとハルマキは、手まりへ入った。時間が早いせいか客は入っていなかった。店の三人は忙しそうに料理の手を動かしていた。三人はまずビールで乾杯した。

「牡蠣《かき》を食べたい」

サヨコはメニューを見ずにいった。

「わたしも、生で」

ハルマキだ。

二人とも、美術館を出たところで口にした言葉を忘れたようだ。

マミは仕事がひと区切りついて、カウンター越しに茶屋たち三人の正面に立った。からだはすっかり回復してか顔色がいい。彼女は、下北沢《しもきたざわ》の芝居の稽古場を見学にいってきたといった。

「川下さんに、歌をうたってみろといわれました。わたしは演歌しか知らないといいましたら、演歌でいいからっていわれて、ギターの上手な人がいて、その人の伴奏で」

「どんな歌をうたったの」

茶屋がきいた。

「恥ずかしかったけど、『春にそむいて』と『笛吹川』を」

二つとも滝川れいの作詞だ。

「川下さんの感想は」

「芝居に歌をうたう場面を入れるので、それに出ないかっておっしゃいました」

「出るんでしょ」

「迷っています。女将さんに話したら、出なさいっていわれました」

女将がマミの横にきて、

「マミちゃん、いつも小さい声で歌をうたいながら仕事をしているのをきいて、うまいなって思ってたんです。川下さん、あんたを見て、うたわせたくなったのよ。あんたが舞台でうたうのを、わたしは見たいわ」

といった。

「わたしも、見たいし、聴きたい」

サヨコは、箸《はし》を持ったままマミの顔をあらためて見ながらいった。

「いいな。みんな才能があって」

ハルマキは独り言をいった。

才能といえば絵を描く釜石菜々緒だが、茶屋は身延町の仏師《ぶっし》今宮十郎の姿と顔を頭に浮かべた。寡黙な人だ。仏に取り憑かれたように来る日も来る日も木を削っている。盧舎那仏をという注文を受けたので、本ものを見たいと唐招提寺へ出掛けたはずだ。背後に化仏《けぶつ》をびっしりと背負っている仏像の制作に、着手しているころではないか。

茶屋は富士川を右に見て遡上《そじょう》し、南部で左岸に移って、身延に着いた。身延駅の前には、久遠寺に参ってきたらしい人たちが寒そうにかたまっていた。

今宮家の庭に入ったが、きょうは鑿《のみ》の頭を叩く音はしていなかった。

作業場の戸をそっと開けて、「こんにちは」といった。十郎は背中を丸くして長さ一メートルぐらいの木材と格闘していた。茶屋の顔を見るとにこりとした。

「茶屋さんは、ひまなんだね」

といった。茶屋はひまで退屈だから十郎の作業をのぞきにきたのではない。仏師の仕事を見学するのも仕事なのである。十郎がなにを彫っているかについても、書くつもりなのだ。

茶屋は黙って作業場へ上がり、十郎を正面から観察することにした。

「盧舎那仏の制作に取りかかられたんですね」

「いや、これは観音《かんのん》さまです」

「観音さま……」

茶屋は首をかしげた。

「盧舎那仏に取りかかると、二年間ぐらいはほかの仕事ができない。それで、先に注文を受けていた如《にょ》意輪《いりん》観音を」

きいたことがあるような気がしたし、どこかの寺で拝んだことがあったような気もした。

「滋賀県大津《おおつ》市の石山寺《いしやまでら》の本尊が如意輪観世音菩薩《かんぜおんぼさつ》です。この観音さまは、世間一般の人には金銀財宝を、出家した人には福徳を授けるとされています。奈良時代から信仰が普及して、災害や疫病《えきびょう》から身を護《まも》ってくださると信じられています」

十郎は観音さまの絵を開くと、茶屋のほうへ埃《ほこり》を吹いた。

観音さまは蓮台の上で右足の膝《ひざ》を立て、両足の裏を合わせている。手にしているのは宝珠と法輪。右の手を頬に当て、考え顔をしている。よく見ると、右手は何本もある。

この観音さまを仕上げるのに三か月はかかるだろう、と十郎はいった。

「好きな仏像というのがありますか」

茶屋は十郎の光った額《ひたい》を見てきいた。

「あります。高野山《こうやさん》西塔に安置されている金色のご本尊の五智如来《ごちにょらい》」

茶屋は高野山を一度だけ訪ねて、いくつもの仏像を見ているが、記憶はうすれている。

十郎の妻の冬美が入ってきて茶屋を見ると、

「お茶を」

といって出ていき、すぐに湯気のたった茶碗をのせた盆を持ってきて床に置いた。

彼女は、函館にいる菜々緒を招んで、ここで子どもを育てさせようと考えているといった。

「いつまでも坂寄さんに頼っていて、いいものかどうか」

彼女は、どう思うかという顔を十郎に向けたが、彼の頭には仏像のことしかないのか、ものをいわなかった。

3

寒中らしい冷たい風が吹く午後、思いがけない人が茶屋事務所へやってきた。

「ご免ください」を二度いって入ってきたのは、武居快斗と母親のつぐみだった。

厚手のセーターを着た快斗は、椅子から立ち上がった茶屋を見て、

「おじさん」

といってデスクに駆け寄った。

「おお、憶えていてくれたのか」

茶屋は両手を広げた。快斗は茶屋の腰にしがみついた。

つぐみは、サヨコとハルマキに頭を下げた。コートを脱ぐと、

「東京で暮らすことになりました」

彼女はそういって。菓子の包みをハルマキに渡した。

親戚の人が板橋区に住んでいるのを知ったので、そこを訪ねてみたら、カメラの部品を作る工場を経営していた。その人は父のいとこの男で、つぐみが幼いころ、よく遊びにきていた学生だったという。

「あなたは東京育ちですか」

「いいえ。甲府の隣の石和《いさわ》です。父と母は、わたしが高校生のとき、交通事故に遭《あ》って亡くなりました。わたしは一人っ子でした。両親が亡くなると、母の実家で暮らしました。母の実家といっても、祖母が独りで暮らしているだけでした。……祖母は、わたしが二十一のとき病気で亡くなり、わたしは独りになりました。……石和のホテルに勤めているとき、同じホテルに勤めていた人と一緒になりました」

しかし幸福は長くつづかなかったらしい。

つぐみはそれ以上話さなかった。

つぐみが茶屋と向かい合って話しているうちに、快斗は茶屋の横へ移った。茶屋は快斗と、湯ぶねに沈んだ夜を思い出した。

つぐみは、親戚がやっている工場のすぐ近くのアパートに入ったばかりだといった。

「お勤めは……」

茶屋がきいた。

「その工場で使っていただくことになりました」

といって住所を書いたメモを茶屋の前へ置いた。

彼女はきれいな字を書く人だった。

彼女は十五、六分で立ち上がると、

「お仕事中をお邪魔いたしました」

といって、深く頭を下げた。一度は子どもを棄てた人とは思えない笑顔を見せた。

「快斗君。また遊びにきてね。一緒にご飯を食べよう」

快斗は、「うん」といって、母親の横で手を振った。

二人が出ていくとサヨコが、

「親子みたい」

と、低い声で当然のことをいった。

珍しいことに、きょうはもう一組来客があった。力士かラグビー選手のような体格の男と、色白の細身の若い女性がドアをノックして入ってきた。会った憶えのない二人だった。

「私は、間所ふみの甥《おい》にあたる者で、松岡栄之助《まつおかえいのすけ》といいます」

「わたくしは、その娘で、夏季《なつき》と申します。静岡県警の警察官であります」

二人は両手を腿《もも》にあてると、まるで立ち木が倒れるように頭を下げた。

甲斐善光寺で、倒れていた間所ふみを見つけて、救急車を呼んだお礼だといって、重量のありそうな物を差し出した。静岡産のハンペンやカマボコだという。

二人の住所は、ふみの住所の近所でないことと、悦子がふみの面倒を見ているものと思っていた。ふみのことを厄介者になったので悦子は、お寺の境内《けいだい》へ置き去りにしたのだが、

「まさかそんなことをする人だとは思いませんでした。考えた末のことだったでしょうけど」

松岡は唇《くちびる》を嚙《か》んだ。

「ふみさんは、甲府の病院に入っていましたが、退院できましたか」

「わたしの家にいます。食欲はあって、ご飯をよく食べますし、煎餅《せんべい》やビスケットのような菓子も食べます。しかし、食べている菓子を投げるんです」

「投げるとは……」

「なにかに向かって、投げつけているんです。憎いから投げつけるのか、恐怖心からなのかは分かりません。私の家内は、外へ出すと帰ってこられなくなるといって、部屋に閉じ込めています。……伯母さんは私の顔を見ると、『こんにちは』なんていうことがあります。先日は、テレビを観ていた夏季の頭を、後ろから殴りました。憎い人に見えたんでしょう」

松岡は、ふみを棄てた悦子の気持ちが分からなくはない、といった。

茶屋は、髪を振り乱して、なにかに向かって物を投げつけている八十九歳の女性の姿を想像した。

松岡と夏季は、十分あまりでソファから立ち上がり、入ってきたときと同じように丁寧に頭を下げた。

二人が帰ると、ハルマキは丸盆を胸にあて、客が出ていったドアのほうを向いて、ぼんやりと立っていた。

「どうしたの」

サヨコがハルマキの背中へきいた。

「わたしも、八十歳を過ぎたら、ふみさんのようになるのかしら」

ハルマキは盆を抱いてつぶやいた。

「大丈夫。あんたは五十ぐらいで、この世から消えそうだから」

「サヨコは……」

「わたしはもっと早いかも」

「徘徊したり、暴力をふるったりするようになって、自宅には置けなくなったら、どうしたらいいんだろう」

茶屋は立ったまままいった。

「そうなった人を、保護する施設があるみたいよ」

サヨコがいった。手に負えない人については、人や外部との接触を意図的に断つようにするらしいという。

4

きのうの夕方、千穂が茶屋に電話をよこした。

「身延の母と一緒に、函館へいって、菜々緒と秀一を連れて身延の家へ帰りました。あちらに一晩泊まりましたけど、やはり寒いですね。こっちでは水が凍《こお》ることはめったにありませんけど、函館には厚い氷が張っていました。……でも、牧場の朝はいいですね」

「なにを見ましたか」

「たくさんの牛たちが、一斉に外へ出て、空を向いて、白い息を吐いていました。わたし、坂寄さんの娘さんに断わって、牛の乳を搾《しぼ》ってみました。……菜々緒と秀一を、ずっと函館へあずけておきたかったけど、坂寄さんに甘えていると思っていたので、連れて帰ったんです」

「菜々緒さんと秀一君は、元気だったんですね」

「はい。菜々緒は少し太っていました」

富士市の釜石家は、いまも世間体を気にかけている。だから菜々緒を身延町の今宮家へ連れていったのだろう。これから菜々緒と秀一は、今宮家に何年もいることになるのではないか。

茶屋は、菜々緒の顔を見たくなった。おとなしげの面長《おもなが》の美人だが、肚《はら》の底で地獄が火を吐いているような気味の悪い絵を描き、それが人を魅《ひ》きつける。彼女は、朝の牧場を絵にしたいといっていたが、描いたのだろうか。

茶屋は、ガレージからあずけてある車を出して、埃を払った。サヨコとハルマキに、「身延町へいってくる」とだけいった。

「また、仏像を彫っているところを、見にいくんですね」

サヨコはパソコンの画面を見たままいった。

今宮家に着いた。赤ん坊の元気な泣き声が外へ洩《も》れていた。

　茶屋はまず、作業場をのぞいた。

　蓮台にすわった如意輪観音の輪郭《りんかく》が出来つつあった。白に近い木肌には模様がある。それはなんの木かときいた。

「ヤマザクラです」

　きょうの十郎は、鑿を手にして経をとなえているのか、低声でなにかいっていた。口がとがっているので呪文のようにもきこえる。

　茶屋は作業場の奥の厚い板の棚に据えている毘沙門天と、薬師如来像に手を合わせてから、母屋《おもや》へ移った。菜々緒の祖母の冬美が赤ん坊を抱いて出てきた。茶屋は白いセーターの秀一の顔をのぞいた。目尻に涙の玉が光っていた。

　台所に立っていたらしい千穂と菜々緒が、茶屋を座敷へ招いた。

　座敷の赤黒い座卓に湯気の立ちのぼる茶碗が置かれたところへ、玄関で男の声がした。

　菜々緒の祖母である冬美が秀一を千穂の手に渡して、来訪者に応えた。来訪者は三人で、わりに背が高い五十代と四十代に見える男。若いほうは真冬なのに陽焼け顔だ。二人の後ろには三十代後半の女性。玄関に立った三人は、黒い身分証を冬美の顔に向けた。沼津署の刑事だった。

　訪問者が警察官だと知ったからか、菜々緒は奥の部屋へ隠れるように入って、ふすまを閉めた。

　茶屋は、刑事と冬美の会話に耳を立てた。

「こちらは、富士市の釜石千穂さんのご実家ですね」

　低くて太い声がきいた。

「はい。千穂はわたしの娘です」

「千穂さんには、菜々緒さんという娘がいる。菜々緒さんはきのう、子どもと一緒に、函館の坂寄鉄造さん宅からこちらに移ったとききました」

「は、はい」

　地を這うような低い声が冬美の頭に降っている。

冬美の声はわずかに震えている。

「菜々緒さんはいま、こちらにいますね」

「はい」

千穂の胸に抱かれていた秀一がぐずりはじめた。

「菜々緒さんと話したいので、呼んでください」

「どういうご用なんですか」

冬美が小さい声できいた。

「重大事件に関係のある話をききたい。ここへ呼んでください」

呼んでくれなければ部屋へ上がるがいいが、とその声はいっていた。

「重大事件とは、いったい……」

冬美は腰をもじもじと動かし、両手を揉《も》むように動かしてから膝を立てた。

彼女は首を左右に振りながら、奥の部屋へ通じるふすまを開けた。開けたところに菜々緒はすわっていた。

「警察の人が、あんたに話をききたいっていっている。重大事件に関係のある話っていってるけど、あんたには心あたりがあるの」

冬美は、菜々緒の横にすわった。菜々緒は首《こうべ》を垂れた。

冬美は、菜々緒の背中に手をあてた。秀一を抱いている千穂も菜々緒に寄り添った。

菜々緒は目を瞑ったが、背筋を伸ばすと立ち上がった。ゆっくりとした足取りで玄関へ出ていくと、膝をついて、二人の刑事に頭を下げた。

五十代のほうが、「釜石菜々緒さんだね」ときいた。四十代のほうがはがき大の写真を彼女に向け、

「知っている人だね」

と、額《ひたい》に髪が数本垂れた顔にきいた。

菜々緒は写真を一目見ると首を縦に動かした。

「署で、詳しく話をききたいので……」

身支度《みじたく》をと、五十代がいった。

菜々緒はコートを抱えると、千穂に抱かれている秀一の顔をのぞいた。怒っているような顔で唇を嚙

んだ。口に手をあてると頭を振った。コートを抱え直すと、走るように玄関へ向かった。靴を履いた彼女に、女性刑事が寄り添った。

作業場でしていた鑿の頭を叩く音が、一段と高くなった。


一月下旬とは思えない暖かい日の午後、日刊富士の船越記者が、茶屋事務所へやってきた。

彼は、サヨコとハルマキにちょこんと頭を下げたあと、

「茶屋先生と出会ったのは、去年の十月でしたね。先生は、高速道路の事故、いや事件現場へ、週刊誌の編集長と一緒においでになったのでしたね」

といって、なにかをさがすように事務所内を三角形の目で見まわした。不快なものがねばりつくようないいかただった。

茶屋は、「用事はなにか」とききたかったが、黙っていた。

船越は上着のポケットからノートを取り出した。

「富士市に住んでいた角田直高という男は、沼津市に転居しました。その角田は、去年の九月の夜、富士市岩本の入江照正を、バイクを衝突させて殺害したことを自供しました。……角田には離婚歴がありましたが、高校生の釜石菜々緒を好きになって、学校帰りの彼女をつかまえて、口説《くど》いていた。彼女には成長した大人《おとな》の女性のような色気があったといったそうです。……彼は営業部員だったので社外へ出る機会が多かった。それでたびたび、下校する彼女を待ち伏せしていたんです。彼女は嫌がっていたが、角田は諦めなかった。彼はしつこい男で、菜々緒の後をつけまわしているあいだに、彼女には入江照正という恋人がいることをつかんだんです」

船越はそこまで話すと、茶屋の反応を見るような表情をして、ハルマキが出したお茶をゆっくり飲んだ。

「菜々緒が入江と会っているところを目にした角田

は、頭に火がついたんでしょうね」

船越は鼻に皺をよせた。

茶屋は船越の顔にうなずいた。

「自分のバイクを使って入江を殺すか、大怪我《おおけが》を負わせるつもりだったが、バイクを衝突させると、タイヤ痕《こん》などが相手のからだに残るのを知っていた。そこで、タイヤの溝に固い物を詰め込んだりして、タイヤの模様を変化させたんです。警察がいままで入江殺しの犯人を割り出せなかったのは、被害者のからだに烙印《らくいん》のように焼きついていたタイヤ痕と、一致するバイクをさがしあてることができなかったからなんです」

「菜々緒にいい寄っていた角田を、怪しいとはにらまなかったんでしょうか」

茶屋がきいた。

「臭いとはみていたようですが、証拠をつかめなかったようです」

船越は咳払《せきばら》いすると、去年の十月十八日の夕方に発生した高速道路の事件に話を移した。

「菜々緒は、入江を殺した犯人は角田直高だと確信したと供述したんです」

「角田が入江を憎んでいたのを、知っていたからですね」

「そうです。……去年の十月当時、角田は富士市大久保に住んでいて、バイクで通勤していました。彼が帰宅する時間や服装を菜々緒は何度が見ていたんです。高速道路の高架橋から、帰宅途中の角田が通過するのを確認していたんです。角田がほぼ同じ時間帯にバイクで通過するのを確かめたんです」

船越は二、三度、肩を左右に動かした。自分が話していることに興奮したのか、眉《まゆ》を上下させた。

「菜々緒は、十月十八日の夕方、自宅の庭に植木鉢がわりに置いてあったドンブリに、重さ一キロほどの丸い石を入れて、自転車にまたがった。行く先は高速道路上の高架橋。ドンブリを手にして、沼津方面から赤いバイクで走ってくる角田直高を待っていた。バイクが橋をくぐる直前、ドンブリを落下させた。ドンブリはバイクを直撃し、運転をあやまった男は、側壁に衝突。その音をきくと彼女は橋の上から立ち去って帰宅した……」

翌日、菜々緒は、新聞を見て仰天した。高架橋から何者かが落下させた危険物にあたったために重傷を負った男性がいて、その人は富士市の新富伸行だと出ていた。人ちがいだった。バイクで西方へ向かってきたのは角田だとばかり思い込んでいた。

「彼女は、それを知ったとき、頭を抱えてすわり込み、見知らぬ人だった新富に向かって手を合わせたそうです」

警察は、橋の上から物を落下させた不届き者を特定できずにいたが、十二月にバイクで走行中の角田直高が、沼津市内で何者かが投げた石を顔に受けて転倒し大怪我を負った。何者かから恨《うら》みをかっていたのではないかとみた警察は、角田の身辺と素行を調べた。すると、一時、高校生だった釜石菜々緒に熱を上げ、彼女の下校時をたびたび張り込んでいた事実などをつかんだ。菜々緒には入江照正という恋人がいたが、入江はある夜、バイクに衝突されて死亡した。

そこで警察はあらためて角田のバイクを入念に調べた。するとフロントフェンダーを修理した跡があることが分かり、記録に残っている入江照正の遺体の傷跡と照合した。その結果、入江に衝突したバイクは角田の所有車だったと判明した。

角田は、富士宮市の新富伸行という人が、会社からの帰途、高架橋から落下された危険物にあたって、重傷を負ったという新聞記事を思い出した。その危険物落下行為は、自分を狙った可能性が考えられたので、富士宮市から沼津市へ住所を変えていた。だが勤務先は以前のままだった。

警察は、角田が高校生の釜石菜々緒を追いまわしていた過去を洗った。彼女には入江照正という恋人がいるのを角田は知ったので、歯ぎしりし凶暴の炎を燃やした。角田は犯行を認めた——

　船越は、ひと息つくようにノートをポケットにしまった。

「富士署の顔見知りの刑事の話を、小耳にはさみました。近々中に、東京の旅行作家の茶屋次郎さんと、週刊誌編集長の牧村博也さんを、署に招《よ》んで、事件発生時の行動について、話を聞くことにしているそうです」

　船越は口をゆがめた。薄笑いを浮かべたが、三角形の目は冷たく光っていた。

参考文献
「週刊にっぽん川紀行」学習研究社
「日本の仏さまとお寺」ＫＡＤＯＫＡＷＡ

著者注・この作品はフィクションであり、登場する人物および団体は、すべて実在するものといっさい関係ありません。

急流・富士川　殺意の悔恨

ノン・ノベル百字書評

キリトリ線

なぜ本書をお買いになりましたか（新聞、雑誌名を記入するか、あるいは○をつけてください）

- □（　　　　　　　　　　　　）の広告を見て
- □（　　　　　　　　　　　　）の書評を見て
- □ 知人のすすめで
- □ タイトルに惹かれて
- □ カバーがよかったから
- □ 内容が面白そうだから
- □ 好きな作家だから
- □ 好きな分野の本だから

いつもどんな本を好んで読まれますか（あてはまるものに○をつけてください）

●小説　推理　伝奇　アクション　官能　冒険　ユーモア　時代・歴史　恋愛　ホラー　その他（具体的に　　　　　　　　）

●小説以外　エッセイ　手記　実用書　評伝　ビジネス書　歴史読物　ルポ　その他（具体的に　　　　　　　　）

その他この本についてご意見がありましたらお書きください

最近、印象に残った本をお書きください		ノン・ノベルで読みたい作家をお書きください	

1カ月に何冊本を読みますか	冊	1カ月に本代をいくら使いますか	円	よく読む雑誌は何ですか	

住所					
氏名		職業		年齢	

あなたにお願い

この本をお読みになって、どんな感想をお持ちでしょうか。

この「百字書評」とアンケートを私までいただけたらありがたく存じます。個人名を識別できない形で処理したうえで、今後の企画の参考にさせていただくほか、作者に提供することがあります。

あなたの「百字書評」は新聞・雑誌などを通じて紹介させていただくことがあります。その場合はお礼として、特製図書カードを差しあげます。

前ページの原稿用紙（コピーしたものでも構いません）に書評をお書きのうえ、このページを切り取り、左記へお送りください。祥伝社ホームページからも書き込めます。

〒一〇一-八七〇一
東京都千代田区神田神保町三-三
祥伝社
NON NOVEL編集長 坂口芳和
☎〇三(三二六五)二〇八〇
www.shodensha.co.jp/bookreview

NON NOVEL

「ノン・ノベル」創刊にあたって

「ノン・ブック」が生まれてから二年一カ月、ここに姉妹シリーズ「ノン・ノベル」を世に問います。

「ノン・ブック」は既成の価値に〝否定《ノン》〟を発し、人間の明日をささえる新しい喜びを模索するノンフィクションのシリーズです。

「ノン・ノベル」もまた、小説《フィクション》を通して、新しい価値を探っていきたい小説の〝おもしろさ〟とは、世の動きにつれてつねに変化し、新しく発見されてゆくものだと思います。

わが「ノン・ノベル」は、この新しい〝おもしろさ〟発見の営みに全力を傾けます。

ぜひ、あなたのご感想、ご批判をお寄せください。

昭和四十八年一月十五日

NON・NOVEL編集部

NON・NOVEL—1056
長編旅情推理
旅行作家・茶屋次郎の事件簿　急流《きゅうりゅう》・富士川《ふじかわ》 殺意《さつい》の悔恨《かいこん》

令和4年1月20日　初版第1刷発行

著　者　梓《あずさ》　林《りん》太《た》郎《ろう》
発行者　辻　浩　明
発行所　祥《しょう》　伝《でん》　社《しゃ》
〒101—8701
東京都千代田区神田神保町 3-3
☎03(3265)2081(販売部)
☎03(3265)2080(編集部)
☎03(3265)3622(業務部)

印　刷　錦　明　印　刷
製　本　積　信　堂

ISBN978-4-396-21056-4 C0293　Printed in Japan
祥伝社のホームページ・www.shodensha.co.jp

© Rintarō Azusa, 2022

本書の無断複写は著作権法上での例外を除き禁じられています。また、代行業者など購入者以外の第三者による電子データ化及び電子書籍化は、たとえ個人や家庭内での利用でも著作権法違反です。

造本には十分注意しておりますが、万一、落丁、乱丁などの不良品がありましたら、「業務部」あてにお送り下さい。送料小社負担にてお取り替えいたします。ただし、古書店で購入されたものについてはお取り替え出来ません。

長編推理小説 十津川班捜査行 湘南情死行 西村京太郎

長編推理小説 近鉄特急 伊勢志摩ライナーの罠 西村京太郎

長編推理小説 十津川班捜査行 わが愛 知床に消えた女 西村京太郎

長編推理小説 十津川警部捜査行 外国人墓地を見て死ね 西村京太郎

トラベル・ミステリー 十津川警部捜査行 宮古《みやこ》行「快速リアス」殺人事件 西村京太郎

長編推理小説 生死を分ける転車台 天竜浜名湖鉄道の殺意 西村京太郎

トラベル・ミステリー 十津川警部捜査行 カシオペアスイートの客 西村京太郎

長編推理小説 十津川警部捜査行 SL「貴婦人号」の犯罪 西村京太郎

トラベル・ミステリー 十津川直子の事件簿 西村京太郎

長編推理小説 九州新幹線マイナス1 西村京太郎

トラベル・ミステリー 十津川警部 怪しい証言 西村京太郎

長編推理小説 十津川警部 哀しみの吾妻《あがつま》線 西村京太郎

推理小説 十津川警部 悪女 西村京太郎

長編推理小説 十津川警部 七十年後の殺人 西村京太郎

トラベル・ミステリー 十津川警部 裏切りの駅 西村京太郎

長編推理小説 十津川警部 絹の遺産と上信電鉄 西村京太郎

長編推理小説 十津川警部 わが愛する犬吠の海 西村京太郎

長編推理小説 十津川警部 予土線《ローカル》に殺意が走る 西村京太郎

長編推理小説 十津川警部 路面電車と坂本龍馬 西村京太郎

長編推理小説 十津川警部シリーズ 阪急電鉄殺人事件 西村京太郎

長編推理小説 十津川警部シリーズ 伊豆箱根《いずはこね》殺人回廊 西村京太郎

長編本格推理小説 鯨の哭《な》く海 内田康夫

長編推理小説 棄霊島《きれいじま》 上下 内田康夫

長編推理小説 還《かえ》らざる道 内田康夫

長編推理小説 汚《よご》れちまった道 内田康夫

長編旅情推理 釧路川殺人事件 梓林太郎

長編旅情推理 笛吹川殺人事件 梓林太郎

長編旅情推理 紀の川殺人事件 梓林太郎

長編旅情推理 京都 保津川殺人事件 梓林太郎

長編旅情推理 京都 鴨川殺人事件 梓林太郎

長編旅情推理 日光 鬼怒川殺人事件 梓林太郎

長編旅情推理 神田川殺人事件 梓林太郎

NON NOVEL

長編旅情推理 金沢 男川女川殺人事件 梓林太郎
長編旅情推理 安芸広島 水の都の殺人 梓林太郎
長編旅情推理 博多 那珂川《なかがわ》殺人事件 梓林太郎
長編旅情推理 倉敷 高梁川《たかはしがわ》の殺意 梓林太郎
長編旅情推理 木曽川 哀しみの殺人連鎖 梓林太郎
長編旅情推理 大井川殺人事件 梓林太郎
長編旅情推理 急流・富士川 殺意の悔恨 梓林太郎
長編推理小説 歌舞伎町謀殺 顔のない刑事・刺青捜査 太田蘭三

長編推理小説 京都鞍馬《くらま》街道殺人事件 木谷恭介
本格推理コレクション しらみつぶしの時計 法月綸太郎
長編本格推理 藍《あい》の悲劇 太田忠司
長編本格推理 男爵《バロン》最後の事件 太田忠司
長編ミステリー 幻影のマイコ 太田忠司
長編ミステリー 警視庁幽霊係 天野頌子《しょうこ》
連作ミステリー 少女漫画家が猫を飼う理由《わけ》 警視庁幽霊係 天野頌子
連作ミステリー 紳士のためのエステ入門 警視庁幽霊係 天野頌子

長編ミステリー 警視庁幽霊係と人形の呪い 天野頌子
長編ミステリー 警視庁幽霊係の災難 天野頌子
長編本格推理 扉は閉ざされたまま 石持浅海《いしもちあさみ》
長編本格推理 君の望む死に方 石持浅海
長編本格推理 彼女が追ってくる 石持浅海
本格推理小説 わたしたちが少女と呼ばれていた頃 石持浅海
長編本格推理 賛美せよ、と成功は言った 石持浅海
長編本格推理 君が護《まも》りたい人は 石持浅海

長編本格歴史推理 親鸞《しんらん》の不在証明 鯨統一郎
本格歴史推理 空海 七つの奇蹟 鯨統一郎
天才・龍之介がゆく！ 人質ゲーム、オセロ式 柄刀《つかとう》一《はじめ》
天才・龍之介がゆく！ UFOの捕まえ方 柄刀一
天才・龍之介がゆく！ 消滅島 RPGマーダー 柄刀一
長編サスペンス 陽気なギャングが地球を回す 伊坂幸太郎
長編サスペンス 陽気なギャングの日常と襲撃 伊坂幸太郎
長編サスペンス 陽気なギャングは三つ数えろ 伊坂幸太郎

最新刊シリーズ

ノン・ノベル

長編旅情推理　書下ろし

急流・富士川 殺意の悔恨　梓林太郎

山間を白糸で縫うが如く川は流れる。少女の瞳に宿る暗い悪意の真相は!?

四六判

長編小説

ボタニカ　朝井まかて

日本植物学の父・牧野富太郎。愛すべき天才の情熱と波乱の生涯!

好評既刊シリーズ

ノン・ノベル

長編超伝奇小説　書下ろし

傀儡人《からくりびと》の宴 魔界都市ブルース　菊地秀行

人形たちが殺戮に躍る〈新宿〉の夜! 秋せつらが追うのは闇か、悪夢か?

長編推理小説　十津川警部シリーズ

伊豆箱根《いずはこね》殺人回廊　西村京太郎

十津川がコロナの世界で陰謀を暴くミステリー・アクションの異色作!

四六判

長編小説

四十過ぎたら出世が仕事　本城雅人

四十歳、課長昇進の内示が出たはいいものの…。悲喜交々の人生賛歌。

長編小説

佳代のキッチン ラストツアー　原宏一

コロナ禍に喘ぐ全国の仲間に会いに。移動調理屋が北へ南へお節介道中!

長編小説　書下ろし

辻調鮨科　土田康彦

鮨に命を懸ける――食の道を志す学生の奮闘を描く若さ眩しい青春小説。

長編小説

三十の反撃　ソン・ウォンピョン著　矢島暁子訳

非正規職の30歳女性。『アーモンド』の著者が問う、自分らしい生き方とは。

長編小説

明日は結婚式　小路幸也

一組のカップルの結婚前夜を描く、心温まる家族の群像。

長編歴史伝奇小説

JAGAE《ジヤガエ》 織田信長伝奇行　夢枕獏

誰も知らなかった戦国覇王の顔。その時、本能寺にいたのは誰だ?

長編小説

ランチ酒 今日もまんぷく　原田ひ香

食べる喜びが背中を押してくれる! 珠玉の人間ドラマ×絶品グルメ小説。